Ronso Kaigai
MYSTERY
211

ダイヤルMを廻せ！

Dial "M" for Murder

Frederick Knott

フレデリック・ノット
圭初幸恵［訳］

論創社

Dial “M” for Murder
1953
by Frederick Knott

目次

三谷幸喜（みたに・こうき）
日本大学藝術学部演劇学科在学中、1983年に劇団「東京サンシャインボーイズ」を結成。劇団は94年の『サンシャインボーイズの〈罠〉』公演のあと、30年の充電期間に入っている。80年代後半からは、舞台に加え、テレビドラマの脚本・演出家、映画監督としても幅広く活躍。

＊舞台作品：「12人の優しい日本人」、「笑の大学」、「アパッチ砦の攻防」、「君となら」、「国民の映画」、「紫式部ダイアリー」、「ｂｕｒｓｔ～危険なふたり」、「不信～彼女が嘘をつく理由」、「子供の事情」、「江戸は燃えているか」等。
＊上演台本・演出：「桜の園」、「ドレッサー」、「ロスト・イン・ヨンカーズ」等。
＊テレビ作品：「古畑任三郎」、「王様のレストラン」、「HR」、『新選組！』、「人形劇 シャーロック ホームズ」、「大空港2013」、『オリエント急行殺人事件』、「真田丸」、「風雲児たち、蘭学革命篇」、「黒井戸殺し」等。
＊映画（脚本・監督）：「ラヂオの時間」、「THE 有頂天ホテル」、「ステキな金縛り」、「清須会議」（原作も）等。

戯曲「ダイヤルMを廻せ！」考～序文に代えて

三谷幸喜（脚本家）

ここでは、戯曲版「ダイヤルMを廻せ！」を上演するに当たっての、僕なりの演出ポイントを挙げていきたいと思います。とはいっても、これはあくまでも個人の意見。舞台上に巨大な仏壇を作り、その中でマクベスを上演した蜷川幸雄氏の「ＮＩＮＡＧＡＷＡマクベス」を例に挙げるまでもなく、舞台の演出というものは、フリーダムです。そこに正解はありません。十人の演出家がいれば、十人の「ダイヤルＭ～」があるのです。以下、徒然なるままに、思ったことを書き連ねていきます。若干、ネタバレありなので御注意。

○

「ダイヤルMを廻せ！」は戯曲として、非常によく出来ています。登場人物の描き分けも的確ですし、物語に無駄がなく、心情を語る長台詞も少なめ。冒頭から、切れの良いラストまで、常に緊張感が続きます。幕が降りた直後、椅子から立ち上がれないほどの感動を呼ぶ作品ではありませんが、一夜のエンターテイメントとしては申し分のない、質の高い一級のミステリーであり、戯曲だと思います。

解釈の難しい場面もないので、このまま舞台に掛けても、一定の面白さは保証されていると言っても良いでしょう。

○

白眉は第一幕第二場。トニーとレズゲイト大尉との「対決」シーンです。哀れなレズゲイトを相手に、知能犯トニーが少しずつ「詰んでいく」プロセスは非常にスリリング。この場面がうまく行けば、この舞台は成功したも同然です。

映画版で強烈な印象を残した殺人シーンは、第二幕第二場に出てきますが、舞台の場合、人が殺される場面は、実はそれほど盛り上がりません。どんなに照明や音楽で補強したとしても、実際に刺されていないことは客席から観て明白。殺された人物のお腹が、呼吸をする度にかすかに上下しているのを、観客は観て観ぬふりをすることになります。つまり舞台においては、撃たれるとか刺されるとか殴り殺されるとか、そういったことではなく、主に人物の関係性から生まれるサスペンスが重要になってくるのです。それゆえに、先に挙げたトニーとレズゲイトのシーンが大事なのです。

○

心理劇の側面が大きいので、当然、役者の細かい演技が見所になります。上演する劇場は、あまり大きくない方が良いでしょう。東京でいえば、キャパ４００人強の紀伊國屋ホールくらいがちょうどいいように思います。

○

第一幕の冒頭に登場する、子細に書き込まれた舞台装置の説明。戯曲を読み慣れていない人は驚かれたかもしれませんが、これは戯曲のいわゆる「決まり事」。文章だけでは、なかなかイメージしづらいと思いますが、この戯曲には平面図も添えてあるので、それと照らし合わせて読んでいくと、分かりやすいでしょう。ここに長々と書いてあるのは、あくまで、「劇作家はこういう配置を念頭に置いてこの戯曲を書きましたよ」という「説明」。同時に「こんな場所で物語が展開するんですよ」という「決意表明」でもあります。小説と違い、戯曲は台詞とト書き（役者の動き）だけで成り立っているので、物語が始まってから、部屋の様子をいちいち描写することはありません。そのために、あらかじめ、こうやって詳しく紹介しておくのです。

上演するに当たっては、これをすべて再現する必要はありません。劇場の大きさや、予算の規模など、芝居を上演する時は様々な制約が出てきます。それに合わせて、セットの省略が必要になってくることもあります。

この物語は、すべて「ロンドンにあるウェンディス夫妻のフラットの居間」で展開します。時代設定ははっきり示されていませんが、恐らく戯曲が書かれた頃の「現代」、つまり一九五〇年代前半と考えてよいでしょう。

今から六〇年以上前のロンドンの高級住宅を舞台上で再現するのは、とても難しいことです。壁紙から絨毯、そして調度品に至るまで、決して本物を使う必要はありませんが、ある程度お金を掛けなければ、それらしく見えません。壁がいかにもベニヤにペンキを塗ったように見えてしまったら、観客は物語に没頭することは出来ません。衣装やヘアメイクも同様です。ハバード警部は恐らくスコットランドヤードの刑事です。洒落者である必要はありませんが、背広にしろ、コートにしろ、やはり、当時の人たちが着ていたものに近い形で登場して欲しい。ＪＲ山手線に乗っているようなサラリーマン風コートで出て来たら、がっかりもいいところです。

さらに、洋物の芝居でいつも困るのが、グラス。このお芝居でも何度か印象的に出てきますが、舞台では、万が一上演中に割れてしまったら大変なので、大抵の場合、プラスチックを使います。でもこれが、現代の東京のご家庭で開催されるホームパーティで使うような、いかにもといったプラスチック製コップだと、完全に興ざめ。やはりある程度は高級グラスに見えるものを、かっぱ橋あたりで、探して来なければなりません。そしてそれなりのものは、それなりの値段がするものなのです。

とはいえ、舞台は映画と違って、リアリズムをさほど重要視しません。なにしろ、書き割りの空が成立してしまう世界なのですから。それこそ、セットは床面と数本の柱だけで、あとは観客の想像力に委ねるという手法もあるのです。トニーやマーゴの暮らしぶりを、完全に再現しなければいけないということはない。グラスだって、思い切って無対象にしてしまい、そこにあるものとして、役者に芝居をしてもらうことだって可能なのです。

ところがここで問題が生じます。舞台版「ダイヤルMを廻せ！」の大きな特色は、物語に部屋の間取りが大きく関係してくることにあります。大詰めの、台詞のない長いシーン（戯曲でいえば、第三幕ラストの長いト書きの部分）は、まさにセットそのものが主役といってもいい。これをもっとも効果的に演出するためには、やはりきっちり写実的に部屋全体を再現するのが一番いいように、僕は思います。省略も極力避けたいところ。全体を簡略化し、玄関とドアの部分だけリアルに作るという変化球もありますが、それだと、いかにもそこに「鍵」がありそうで、あまりお勧めしません。お金は掛かりますが、セットはリアリズム重視で作るのがベストのようです。

○

つまり、この「ダイヤルMを廻せ！」は予算の掛かるお芝居なのです。紀伊國屋ホールでやるならば、最低一ヶ月は上演しなければ採算が合わないでしょう。その時、大事なのはキャスティング。本当は新劇の中堅の俳優さん、一般的に顔は知られていなくても、めっぽう芝居のうまい人たちだけを集めて上演して欲しい、そんな作品なのですが、集客のことを考えると、そうもいきません。やはりマーゴやマックスあたりに、テレビでよく見るタレントさんやアイドルを使う必要が出てきます。現代日本における興業の難しさです。もちろんアイドルの方々にも芝居が達者な方は沢山いらっしゃるので、それは決してマイナスの要素だけではないのですが。

ただ、僕としてはハバード警部のキャスティングだけは、こだわりたい。芝居経験の豊富な、腹の立つくらい芝居のうまい、そしてイギリス紳士を見事に演じきれる役者さんにお願いしたいところです。

○

先ほども書きましたが、この戯曲の最大のポイントはラストにあります。このあまりに鮮やかな幕切れは、日本の演劇ではあまりないものです。自分の完全犯罪が崩れ去ったことに気づく犯人。台詞もなく、静寂の中、警部が掛けるダイヤルの音だけが響く。第二幕第一場の最後のト書きには「音楽が大きくなってくる」という演出へのリクエストがありましたが、ここにはそれもありません。まさに英国ミステリーらしい、渋い終わり方です。しかし残念ながら、日本の観客はこうした幕の引き方に慣れていません。大概の芝居は、物語が感動的なフィナーレを迎え、感動的な音楽が流れ、劇場中が感動に包まれた中で、感動的なカーテンコールが始まります。こんな静かな終わり方で、もし号泣する人がいるとしたら、それはたった今、奥さんを殺して、アリバイ作りで劇場にやってきた男くらいのものです。

○

以前、ロンドンでクリスティの「ねずみとり」を観た時、あまりに呆気ないというか、素っ気ない終わり方に、正直、物足りないと思いましたが、それでも十分満足している観客を眺めながら、（ああ、こんな終わり方もあるんだな）と感心したことを覚えています。カーテンコールで、主演俳優が舞台上から「この結末は決して誰にも言わないようにお願いします」とお願いした時、客席からは拍手が起こりました。それは、観客全員が共犯者になった瞬間を喜ぶ拍手だったのかもしれませんし、六〇年以上のロングランを経て、もう誰が犯人かなんてみんな知っているのに、あえて念を押す、その茶目っ気に対する拍手だったのかもしれません。いずれにしても、客席中が、この芝居を楽しんでいるという空気が、たまらなく嬉しかったものです。

○

僕がもし「ダイヤルMを廻せ！」を演出するとしたら、決して余計なことはせずに、この幕切れを大事にしたいと思います。絶対に音楽を入れたりはしません。無音の中でスーッと幕が降りていく格好良さを優先したい。

ただ、観客の大半は、おそらく呆気に取られることでしょう。下手したら、休憩を挟んで第四幕が始まると思う人がいるかもしれない。ロンドンの観客と日本の観客は、芝居に求めるものがやや違っているような気がします。向こうで芝居を観る度に感じることです。

○

感動はしなくても満足は出来る、そんな大人のお芝居が、東京の中心の劇場で上演され、ひと月の公演期間、毎日大入りになるような日が来ることを、僕は望んで止みません。

ミュリエルへ

場　面

第一幕
第一場――ある九月の金曜。宵《よい》のころ
第二場――一時間後

第二幕
第一場――土曜の宵
第二場――その夜遅く
第三場――日曜の昼近く

第三幕
二、三ヵ月後。昼過ぎ

本戯曲は、ロンドンにあるウェンディス夫妻のフラットの居間で演じられる。

登場人物

マーゴ・ウェンディス

マックス・ハリデイ

トニー・ウェンディス

レズゲイト大尉

ハバード警部

ダイヤルMを廻せ!

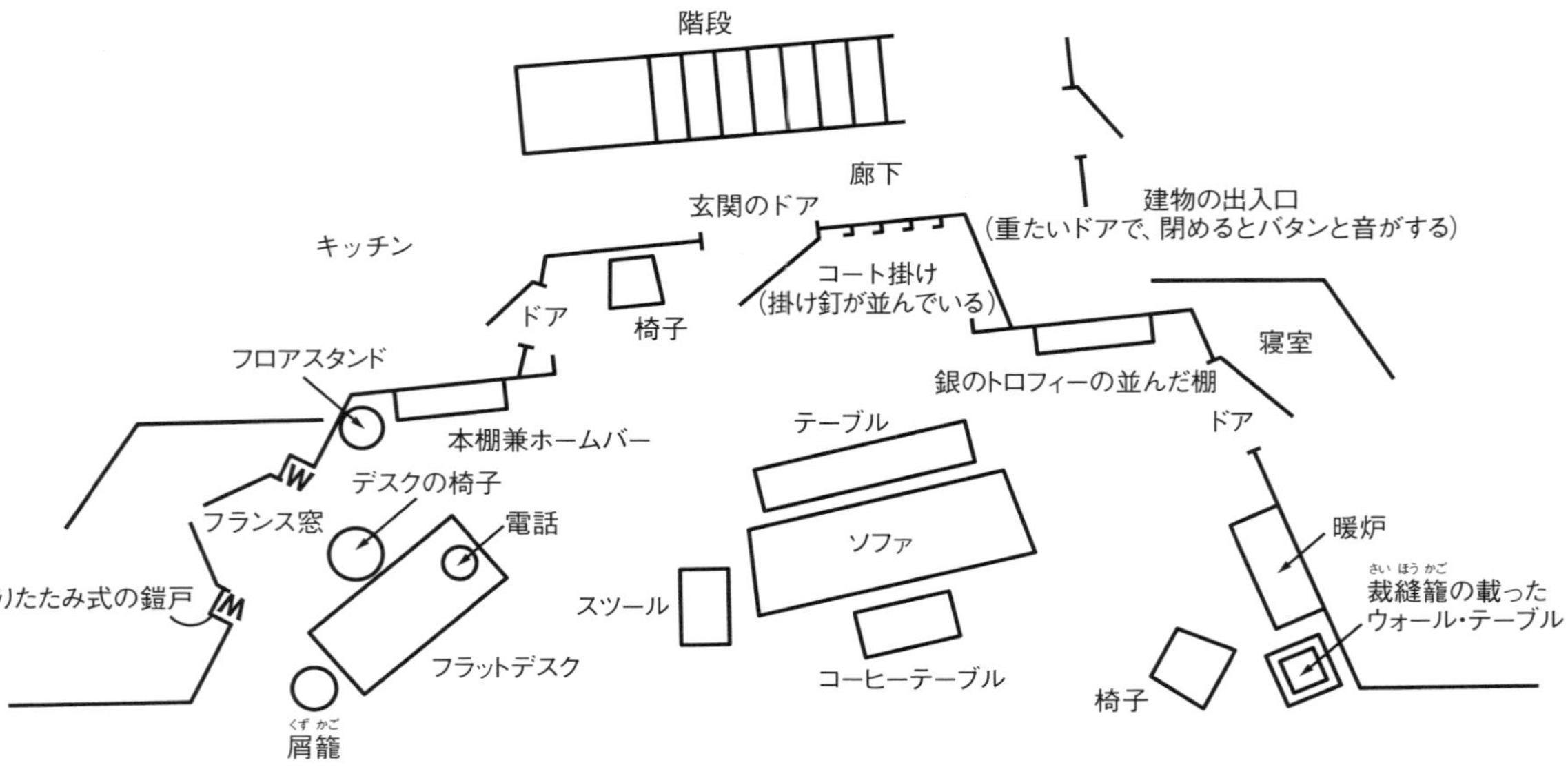

『ダイヤルMを廻せ！』第一幕および第二幕舞台平面図
（第三幕も同様——ただし左手中央にベッドが置かれ、ソファは暖炉の際《きわ》まで寄せられている）

第一幕

1952年ブロードウェイ版舞台より

【第一場】

ロンドン、ウェンディス夫妻のフラットの居間。

ある九月の金曜、午後六時二十分ごろ。

大きな屋敷を改修した集合住宅の一階。右手（左右の指定はすべて俳優側の視点による。つまり、客席から見た左右とは反対になる。舞台写真および平面図を参照）にはチャリントン街に向いたフランス窓。すぐ外には小さなテラス。床まで届く分厚いカーテンは、今は開けられている。窓の内側には鎧戸があるが、折りたたんで引っこめてあるため、ほとんど目立たない。左手、客席寄りに暖炉。マントルピースの上に置き時計。左手、舞台奥には寝室へ通じるドア。さらに奥には小さな玄関ホール。ホールの右手はキッチンに続くドア、中央奥にはフラットに入ってくるためのドア（玄関のドア）。玄関のドアにはシリンダー錠がついている。このドアが開くと狭い廊下が見え、そこを左へ向かうと、街路に面した建物の出入口。廊下にはさらに（左から右へ上る）階段があり、二階のフラットへ通じている。階段の五段目近辺が、玄関口の正面にあたる。玄関ホールの左手にコート掛け。玄関のドアの右側、ホールの奥の壁にくっつけるようにして椅子が一脚置いてある。奥の右側の壁には作りつけの棚があり、上の段には本が、下の段には酒瓶やグラスが収めてある。すなわち、本棚の下側がホームバーになっている。左側の壁にも、同じような作りつけの棚。こちらにはトニーの銀製のテニストロフィーが並び、上の段にはテニスラケットが置かれている。この棚を挟んで、両側の壁にテニスの写真が飾られている。奥の右隅にはフロアスタンド。右手中央にはテーブルにも使えるフラットデスクがあり、電話と住所録、スケジュール帳が載っている（電話はデスクの舞台奥側の端にある）。デスクの椅子はフランス窓を背にしている。デスクのそばには屑籠《くずかご》。左手中央にソファ。その右にスツール。ソファの後ろには長方形のテーブルがあり、銀の煙草入れと灰皿、花瓶が載っている。左手、客席寄りに椅子が一脚。その後ろに小さなウォール・テーブル、その上にストッキングや鋏《はさみ》などの詰まった裁縫籠《さいほうかご》。ソファの足元に低いコーヒーテーブル。

居間中央の上方にシャンデリア（もしくは上からの照明）。左手の壁、暖炉の上方にブラケット灯がふたつ。どちらも玄関ホールのドアの右にある照明のスイッチで点灯、消灯する。フロアスタンドのスイッチはスタンド本体についている。

外がまだ明るいため、今のところ電灯はつけられていない。しかしその明かりは、マックスとマーゴによる冒頭の場面の最中に薄れはじめる。

炉火はあかあかと燃え、玄関のドアは閉まっている。

幕が上がると、マーゴがマックスへ飲み物を手渡そうとしている。ふたりはソファに腰を下ろしている。マーゴはふいに物音を聞きつけ、立ち上がって玄関のドアへ近寄り、細く開けてすばやく外の廊下を覗く。またドアを閉め、マックスへ向き直る。

マーゴ　（少し不安そうに）もしかしたら、トニーかもしれないと思って。話の腰を折ってごめんなさい。なんの話だったかしら——？

マックス　きみと最後に会ってから、ぼくが五十二人の人間を殺したって話だよ。

マーゴ　（笑いながら、コーヒーテーブルの飲み物を手にとる。ソファに腰かける）ああ、そうだったわ——週にひとりの勘定ね。どうやってなさったの？
マックス　考えつくかぎり、ありとあらゆる方法でさ。浴槽で感電死させたり、ガレージに閉じこめて自動車のエンジンをかけっぱなしにしたり、窓や崖から突き落としたり。また別のときには、毒殺なんてのもありだったね。あとは射殺に絞殺、刺殺、撲殺。それから窒息死。
マーゴ　つまり、気の向くままってこと？
マックス　テレビの脚本《ほん》を書くのに、気が向くだの向かないだのと言っている暇はないよ。
マーゴ　アイディアはどこから仕入れていらっしゃるの？
マックス　そうだな——新聞記事とか、警察の資料だとか——たちの悪い夢だとか——ほかのやつの書いたものだとか——
マーゴ　たしか以前、独創性のないものは絶対に書かないとおっしゃらなかった？
マックス　まあね——でもさ、年に五十二回も独創性を求められてごらんよ！
マーゴ　からからに干上がってしまって、何も出てこなくなったら？
マックス　そうなったら、シルクハットを使うだけさ。
マーゴ　え？
マックス　ぼくはね、三つのシルクハットを持ってるんだ。それぞれにはこう書いてある——誰が誰を殺したか、どうやったか、どうしてかって。
マーゴ　どういうこと？　「どうしてか」って。
マックス　「どうしてか」っていうのは、殺しの動機のことさ。殺人には動機がつきものだ。おもなものは五つしかない。恐怖——嫉妬——金——復讐——それに、愛する者を守ること。それらを紙切れに書いて、〝どうしてか〟のシルクハットに入れ、適当に一枚引くんだ。

マーゴ　まるで、一週間分のお洗濯物をより分けるみたい。

マックス　芸術性から言えばいい勝負だね。稼ぎはいくらかましだけど。いらいらの募る程度も、上演のあてのない戯曲や、出版されそうもない小説を書くのと変わらないし。それから、忘れちゃいけない。スポンサー様の広告に嘘偽りがないか、証明するのにひと役買えるのさ——キラリ輝く歯でガブリ、まともになれば友《とも》去らず、ってね。

マーゴ　（笑う）お代わりはいかが？

マックス　いや——もう結構だよ。ありがとう。

マーゴ　電話口からあなたの声が聞こえてきても、ちょっと信じられなかったわ。わざわざニューヨークからかけてくださったの？って。

マックス　きみは驚いたせいか、ちょっと声が大きくなっていたね。実のところぼくは、ここの目と鼻の先にいたんだけど。（間。心配して）ところで、かまわなかったのかな——あんなふうに電話をかけても。

マーゴ　ええ、もちろん。

マックス　電話に出たのが——トニーかい？

マーゴ　ええ。（ぎこちない間）あまり遅くならないといいんだけれど。かわいそうな人。お芝居を観に行く日は、きまって用事に捕まるんだから。（間）それじゃあ今回は、お休みでいらしたわけじゃないのね？

マックス　うん、今回はね。短編のテレビ映画の脚本を書きに来たんだ。それが終わったら、いよいよ一年間の休みをとって、例の小説にとりかかるつもりさ。いつかは書かなきゃいけないからね。

マーゴ　やっぱり犯罪もの？

マックス　犯罪には、こだわらざるを得ないだろうな――ぼくの売りはそこだから。殺人ものだからって、ほかの小説に劣っているわけでもないしね。時間さえとれれば、いいものが書けると思うよ。飛行機の中でいけそうな手口を思いついたんだ。一卵性の双子がいて、ひとりはパリに、もうひとりはニューヨークに住んでる。そして突然、ふたりともが決意するんだ――

マーゴはそわそわとして、心ここにあらずといった様子になる。

マーゴ　（さえぎって）お話ししなくちゃいけないことがあるの。トニーが帰ってこないうちに。

マックス　うん？

マーゴ　わたしたちのこと、あの人に言っていないのよ。

マックス　え？

マーゴ　昨日お電話いただいたときには、あなたはテレビの脚本をお書きの方で、あの人のアメリカ遠征中に知り合ったと言ったの。

マックス　ふうむ。まあ、その通りだね。

マーゴ　それで、あなたがニューヨークへ帰られるときにもう一度お会いして。そのときあなたが、こうおっしゃっていたと話したの――もしまたロンドンへ来ることがあったら、かならずお宅を訪ねますって。
マックス　なるほど。
マーゴ　ばかな言い訳をとお思いよね。けれどもトニーにお会いになれば、きっとあなたにもおわかりになってよ。
マックス　マーゴ、ひとつはっきりさせておきたいんだが。（立ち上がり、ソファの肘掛けに腰かける）きみとトニーとのあいだは、今うまくいっているのかい？
マーゴ　ええ、これ以上ないほどよ。（熱をこめて）わたし、今の暮らしを変えたくないの。
マックス　（うなずく）喜ばしいことだよ――きみのその気持ちに慣れられれば、きっと喜べると思う。
マーゴ　（ほっとして）ありがとう。
マックス　（軽く）ほかならぬきみのためだからね。
マーゴ　実は、まだあるのよ。
マックス　うん？
マーゴ　あなたには言わないつもりだったんだけれど――
マックス　なんだい？　言ってごらん。
マーゴ　憶えていらっしゃる？　あなたがくださったお手紙。
マックス　もちろん。
マーゴ　読んだあとは燃やしていたの。そのほうがいいと思って。でも、一通だけはとっておいたの。どれのことか、おわかりになるでしょ。

マックス　見当はつくね。書くべきじゃなかったけれど。
マーゴ　そうよね。それでも、わたし嬉しくって。どこへ行くにも、かならず持ち歩いていたの。あるとき、主人と郊外のお友達の家で週末を過ごすことになって、プラットホームで列車を待っていたら、ハンドバッグがないことに気がついて——それに手紙を入れていたのよ。
マックス　それは——どこの駅だい？
マーゴ　ヴィクトリア駅よ。食堂に置き忘れたとばかり思ったんだけれど、捜しに戻ってみても、もうなかったわ。
マックス　それで、まだ見つかっていないんだね？
マーゴ　二週間経って、遺失物取扱所からハンドバッグは戻ってきたわ。でも、手紙は消えていたの。（間）それから一週間して、脅迫状が届いたの。手紙を返してほしければ、言う通りにしろって。
マックス　どうしろって？
マーゴ　わたしの銀行口座から五ポンド札で五十ポンドおろして、使い古しの一ポンド札に替えろって。警察に届けたり、ほかの誰かに喋ったりしたら——主人に手紙を送るって。
マックス　見せてくれるかい。（マーゴは寝室へ姿を消す。マックスは立ち上がり、室内を落ち着かなげに歩き回る。ソファの後ろのテーブルの銀の煙草入れから一本取り出し、火をつける。マーゴが白い封筒を二通手にして現われ、片方をマックスへ手渡す。マックスは中の手紙を取り出し、目を通す）すべて大文字の活字体で書いてある、か。これじゃあ筆跡もわからないな。

マーゴは、マックスへもう片方の封筒を手渡す。

マーゴ　それから――二日後にこれが届いたの。

マックスは二通目の手紙を取り出す。

マックス　（消印に目をやる）両方ともブリクストンで投函されたのか。（読む）〝金を小包にし、南西九区ブリクストン、ニューポート街二三、ジョン・S・キング宛に郵送されたし。引き換えに手紙を返却する〟この場所はもしや――

マーゴ　ただのお店だったわ。郵便物の預かりをしているの。

マックス　金は送ったのかい？

マーゴ　ええ、でも手紙は戻らなかったわ――二週間待ったんだけれど、埒《らち》が明かないから行ってみたの。そんな名前は聞いたこともないって言われたわ。小包はそのお店に、封も切らずに置かれていて。

マックス　ふうむ。それは妙だな。（脅迫状をそれぞれの封筒へ戻し、自分の札入れにしまう）これは預かっておいても？

マーゴ　（ためらう）ええ――あなたがそうおっしゃるなら。

マックス　このことは、トニーには何も？

マーゴ　言ってないわ。誰にも。（間）どうしてお金を受け取りに来なかったのかしら。

マックス　そのころには、牢屋にぶちこまれていたのかもしれないよ。（間）その後、新たな手紙は来ていないのかい？

マーゴ　ええ。

マックス　もしもまた来たら、すぐに知らせてくれ。犯人を見つけ出して、こんなものを書くのはおろか、読むこともできなくなるほど懲らしめてやるから。（間）もう手紙をよこさないでとぼくに言ってきたのは、こういうわけだったのかい？

マーゴ　そうなの。わたし、ひどく混乱してしまって。あなたのくださるお手紙がすべて封を切られて、誰かに読まれてしまうような気がして。

マックス　どうしてぼくに言わなかったんだ？

マーゴ　だって、あなたに何か手を打てて？　トニーに打ち明けて、警察に届けろと言ったでしょ、きっと。たった五十ポンドのことだし、払ってしまえば終わりにできると思ったの。

マックス　マーゴ、やはりトニーには言わないのかい――ぼくたちのことを。

マーゴ　とても言えないわ。少なくとも今は。

マックス　なぜだい？　そのほうがゆくゆくは、全員にとって――

マーゴ　お願い、よしてちょうだい。わたしはトニーをよく知っているの。でもあなたは――

マックス　いや、みなまで言わなくていいよ。これからトニーと顔を合わせると思っただけで、心穏やかじゃいられない。

マーゴ　あら、それは心配なくってよ。ここ一年ほどで、あの人はがらっと変わったの――今は文句のつけどころのない、良き夫だわ。（ゆっくりと、記憶を辿るように）考えてみれば、あれはちょうど一年前のことだったわ。

マックス　あれって？
マーゴ　トニーが突然おとなになったの。わがままな子供みたいだったのが、急に分別盛りの大人らしくなって。あの夜のこと、憶えてらっしゃるでしょ——お別れを言いに行ったときのこと。
マックス　忘れるもんか。トニーはテニスのトーナメントで留守だったそうだね。
マーゴ　ええ——でもあの人、帰ってきたの。こんなこと手紙じゃうまく書けそうにないから、書かなかったけれど。あの夜あなたとお別れしたあと、まっすぐここへ帰ってきて、ソファでずっと泣いていたの。そうこうするうち、眠りこんでしまって。目を覚ますと、あの人が玄関ホールに立っていたの。バッグとテニスラケットをさげて。そうして、ぽつりと言ったわ——もうテニスはきっぱりやめて、きちんと落ち着くことに決めたって。
マックス　いきなり？

マーゴはマックスと自分のグラスをホームバーへ持っていき、カクテルをこしらえる。

マーゴ　ええ、いきなり。そりゃあ、初めはとても信じられなかったわ。あの人の行く先々にくっついて回るのが当たり前になっていて、それが終わるなんて考えられなかったから。けれどあの人は、本気も本気だったわ。翌日には自分で仕事を見つけてきて。（教会の時計が鳴る）わたしたち、何をしていたかしら——ちょうど一年前は。
マックス　ぼくはスパゲティに茸《きのこ》を入れようとしてたね。そして振り向いて言ったんだ、「このままじゃたまらないよ。トニーと会って、話をつけさせてくれ」って。

マーゴ　わたしもおんなじ気持ちだったわ。何か言わなくっちゃ、って思ったんだけれど――わたしったら、ただ立ちつくすばかりで――子供みたいに泣きじゃくって、鼻の先から洟《はな》まで垂らして。わたしが出ていったあと、あなたは何をなさったの？
マックス　エンバンクメントを歩いていって、チェルシーのガス工場を眺めたよ。
マーゴ　（笑って、マックスへ近寄り）考えていたのは、ガス工場のこと――それともわたしのこと？
マックス　どっちでもないよ。構想のメモをとっていた。みじめな気分になったときには、いつもそうするんだ。
マーゴ　悲しいお話？
マックス　勝利の話さ――主人公は一流作家で、ポケットに金をぱんぱんに詰めて、意中の女《ひと》を嫉妬深い夫の腕から引っさらうべく、準備万端整えてアメリカからやってきた。
マーゴ　（微笑む）けれども来てみれば、女は夫と幸せに暮らしていたわけね。
マックス　それを知って、彼はとても喜ぶんだ。
マーゴ　（マックスへグラスを手渡す）乾杯しましょ――この成り行きに。
マックス　（マーゴに応じ、杯をあげつつ）この成り行きに――

しかしグラスに口をつける前に、玄関から鍵の回る音が響く。ふたりは乾杯を邪魔された形で、そろって振り向く。トニーが登場。三十四歳、ゆったりと気取らない魅力の持ち主。いつも生き生きとして、自信に満ちているように見える。

マーゴ　まあ、おかえりなさい――もう二度と、お目にかかれないかと思ってよ。こんなに遅くまで、いったいどうなさったの？
トニー　すまない。帰ろうとしたら、店長に捕まってしまってね。

トニーはコートを脱ぎ、コート掛けにかける。マックスは気まずそうに、玄関ホールのほうを向いている。

マーゴ　トニー、こちらがマックス・ハリデイさん。
トニー　ようこそ。
マックス　（握手をして）ああ、どうも――
トニー　遅くなって失礼。マーゴのやつは、ちゃんともてなしていましたか？　飲み物はいかがです？
マーゴ　もう、ふたりともつぶれてしまいそうよ――あなたを待ちながら、いただいていたから。
トニー　（トニーはホームバーへ近寄り、カクテルを作る。マーゴはソファに腰かける）なるほどね。で、どうですか、こちらは――
マックス　いいところですね。
トニー　ロンドンは初めてで？
マックス　あ――いいえ、一年前にも休暇で。
トニー　ああ、そうでしたね。マーゴから聞いていました。ラジオの脚本を書いておられるとか。

マックス　テレビです。因果な商売ですよ。

トニー　なるほど、テレビとはね。同情しますよ。こちらには長くおいでになれるんですか?

マックス　まだわかりません。いささか原稿仕事がたまってましてね。それを済ましたら、少しばかり滞在を延ばして、旅行でもしたいと思っておりますが。

トニー　そいつはいい。ですが、博物館やら大聖堂やらを回っているうちに時間切れなんてのはよしてくださいよ。ぼくに言わせれば、あんなのはひとつ見れば充分です。釣りのほうはおやりに?

マックス　いいえ、あいにくですが。

トニー　それは残念ですな。釣りをやるなら、ぜひともスコットランドへ足を伸ばしていただきたくてね。なにしろあそこには――

マーゴ　釣りはなさらないとおっしゃっていてよ、あなた。

トニー　おっと、そうだった。じゃあこの提案はここまでだ。ともかく案内がご入り用でしたら、いつでも知らせてください。（マーゴに）なあ、マックスさんをロンドン塔へお連れするのはどうだろう。

マックス　せっかくですが、あそこには行ったことがありまして。

トニー　おや、それはまた残念な。ぼくはつねづね、一度はロンドン塔を訪れてみたいと思っていましてね。まあ冗談はさておき、ぼくらでできることがあればいつでも――

マックス　ご親切にどうも。心に留めておきますよ。

マーゴ　あなた、もうだいぶん遅くなっているわ。席はとってくださった?

トニー　ああ。七時からだよ。

マーゴ　（さっと立ち上がり）それじゃあ急ぎましょう。（寝室へ向かう）ふたりとも、コートを着てくださいな。
トニー　いや、それが。ちょっと予定が変わってね。
マーゴ　（振り向いて）いやだ、まさか行けないっておっしゃるの。
トニー　（肩をすくめ）そのまさかなんだ。店長のバージェスが日曜にブリュッセルへ飛ぶことになったものだから、全員が月間報告を明日までに出すはめになってね。
マーゴ　今夜帰ってきてから、なさるわけにはいかないの？
トニー　とても無理だよ。何時間もかかるんだ。半分はでっち上げなきゃならないから。
マーゴ　じゃあ、お芝居のあとでなら来られて？　どこかへ行きましょうよ。
トニー　じゃあ幕間《まくあい》になったら、電話をくれるかい？　勢いがつけば、やれないこともないかもしれない。
マーゴ　ええ、わかったわ。マックスさん、わたし支度してきますわ。（寝室へ去る）
トニー　（マックスへ近寄り、芝居のチケットを手渡す）どうぞ、チケットです。
マックス　いや、すみません。
トニー　こちらこそ、とんだ無礼をしてしまいまして。
マックス　いいえ、とんでもない。それよりも、おいでになれないとは残念ですよ。
トニー　近いうち、ディナーにでもおつき合いいただきますよ。
マックス　ええ、ぜひ。
トニー　そうだ――明日の夜のご予定は？

マックス　土曜ですか。特にありませんが。
トニー　（喜んで）そりゃあいい。スタッグ・パーティ（結婚前夜の男性を友人たちで囲む会。また、広く男性だけのパーティをも指す）に参加しませんか？
マックス　（困惑して）スタッグ・パーティですって？
トニー　ええ。あなたのお国の知り合い連中がヨーロッパへテニス遠征に来ていたんですがね、帰国前にちょっとした送別会をひらこうと、そういうことになりまして。
マックス　しかしぼくは、テニスは門外漢ですよ。
トニー　なに、かまいませんよ。このごろのニューヨーク事情などを聞かせてください。（マーゴが寝室から入ってくる。コートを着て、ハンドバッグを持っている）マックスさんにも、明日の夜のパーティに来てもらえることになったよ。
マーゴ　あら、そうなの。（マックスに）その前にここへ寄って、お酒をご一緒してくださいな。
トニー　そうそう、それがいい。
マーゴ　（トニーに）そういえば、あなた正装なさって行くの？
トニー　まあ、タキシードってところだな。（マックスに）それでかまいませんか？
マックス　いや、実はトランクが今日届くはずだったんですが、まだ到着していなくて。
トニー　（心配そうに）おや、それはそれは。（間）もちろん、借りることだってできますがね。
マーゴ　いやだわ、あなた。そんなこと、どっちだっていいじゃないの。
トニー　そうだ、いいことを考えた。（すばやく寝室へ姿を消す。ドアは開けたまま）
マーゴ　本格的に遅れてしまいそうだわ。
マックス　タクシーを捕まえてこようか？

マーゴ　いつもすぐに拾えますから、お気になさらないで。（寝室のほうへ目をやる）トニー、わたしたちもう出なくっちゃ。

トニーがタキシードを持って出てくる。

トニー　古いシングルのタキシードだが、これでも間に合いそうだろ。
マーゴ　トニー、いったいなんなの？
トニー　いやいや、ちょっと待った。これを試してみてください。

マックスは、しぶしぶコートを脱ぐ。

マックス　あのう——身なりのことも大切でしょうが、さしあたっては忘れておきませんか。
トニー　いえいえ、そうはいきませんよ。（手伝って、マックスにタキシードを着せる）
マーゴ　古すぎて、どうしようもないわよ——防虫剤の臭いがひどいし。
マックス　まあ物書きなんて生き物は、タダ飯にありつけるならなんでもやる、とも言われていますしね。
トニー　ううむ。これではちょっと、貫禄が出ないかな。

マックスは身ぶりで、タキシードが小さすぎることを示す。マーゴが手伝って脱がせ、トニーがコートを着せかけてやる。

マーゴ　こんなかかしみたいな格好で、マックスさんを行かせるなんてとんでもないわ。今のお召し物で充分じゃないの。（タキシードをトニーへ放ってよこす）

マックス　まあまあ、ぼくの荷物も明日には届くでしょうから。そいつを待ってみましょう。

マーゴ　もう行きましょう。トニーがズボンまで持ってこないうちに。

マーゴとマックスが玄関のドアから出て左へ向かう。トニーは戸口に立って、ふたりを見送る。

トニー　楽しんできてください。そうだ、マックスさん！

マックス　（舞台裏左から）はい？

トニー　余ったチケットは売ってしまって、一杯やってください。それじゃあ――どうぞごゆっくり。

トニーはドアを閉める。ブラケット灯を消し、カーテンのところへ行く。カーテンを閉め、フロアスタンドのスイッチを入れて、電話に向かう。数秒間電話を見つめ、受話器を上げてダイヤルする。少しの間ののち、レズゲイトの声が電話口から聞こえてくる。

レズゲイト　もしもし。

トニー　もしもし？　ハムステッド―２８３７ですか？

レズゲイト　そうですが。
トニー　レズゲイト大尉をお願いします。
レズゲイト　わたしですが。
トニー　やあ、初めまして。ぼくはフィッシャーといいます。車を売りに出されているそうですね。
レズゲイト　ええ、アメリカ車です。
トニー　そうでしたね。ガソリンスタンドで見かけました。おいくらです?
レズゲイト　千百ポンドです。
トニー　千百ポンド!　それはまた。うってつけの車だと思ったんですが、値段はそうでもないですね。
レズゲイト　わたしも、買ったときには同感でしたよ。
トニー　(笑って)いつ会っていただけますか?
レズゲイト　明日の午後はいかがです?
トニー　ううむ、どうだろう。(間)いや、やっぱり無理です。それと日曜は、リヴァプールへ出かける予定になっていましてね。ぼくとしては——たとえば今夜、うちのフラットまでお越し願えないですか?
レズゲイト　お住まいはどのへんです?
トニー　メイダ・ヴェイルです——こっちからお伺いしたいのですが、膝をひどく捻挫しておりまして。
レズゲイト　おや、それはお気の毒に。所番地は?

トニー　チャリントン街六一Aです。
レズゲイト　ハリントン――
トニー　いいえ、チャリントン。
レズゲイト　チャリントン――
トニー　そうです。地下鉄駅から左に曲がってください。徒歩で二分ほどです。
レズゲイト　では、一時間ほどしたら伺いますよ。
トニー　一時間ですか？　それは大変ありがたい。（心配して）ところで、車は持ってこられますか？
レズゲイト　あいにくですが、今夜はちょっと――
トニー　（ほっとして）いやいや、かまいません。先日じっくり拝見しましたから。できたら登録証と、必要書類をお持ち願えますか。
レズゲイト　ええ、もちろん。
トニー　本日この場で、契約を結んでもかまいませんよ――値段をまけていただければね。
レズゲイト　申し訳ないですが、その点ではご相談に乗りかねますな。
トニー　まあ、続きは二、三杯引っかけてからということで。
レズゲイト　（面白がって）ハハハ。
トニー　ハハハ。それじゃあ――またあとで。
レズゲイト　ええ、またあとで。（電話を切る）
トニー　（受話器を置く）レズゲイト大尉、ねえ。

——幕——

【第二場】

前場と同じ。一時間後。居間の中は、フロアスタンドとブラケット灯のやわらかな明かりに照らされている。白木綿の手袋が、スツールに置かれている。

幕が上がると、トニーが古い革のスーツケースをさげて寝室から出てくる。ホームバーの左の壁にそれを立てかけ、振り向いて室内をざっと見渡す。木綿の手袋を少しのあいだ見つめてから、近寄っていって手にとり、ソファの左の肘掛けにそろえて置く。その具合を検《あらた》めて、満足げな顔をする。それから寝室へ入ろうとするが、ブザーの音に邪魔される。踵《きびす》を返し、わざと痛そうなそぶりで足を引きずる。玄関のドアを開けると、レズゲイトがコートを着て立っている。

レズゲイト　フィッシャーさんですか？

トニー　はい。レズゲイト大尉ですね？

レズゲイト　そうです。

トニー　ようこそ、お待ちしてました。コートを預かりましょう。（コートを受け取り、コート掛けにかける）道には迷いませんでしたか？

レズゲイト　ええ。

ふたりは居間に入る。

トニー　どうぞおかけください。
レズゲイト　お邪魔します。（立ったままでいる）
トニー　さて、まずは一杯やりましょう。

トニーは足を引きずりながら、ホームバーへ向かう。レズゲイトは不思議そうに、しばしトニーを見つめる。

レズゲイト　以前どこかで、お会いしませんでしたかな。
トニー　（ひょいと顔を上げて）おや、これは驚いた。実はぼくも、ドアを開けたときから――（ふいに言葉を切る）待てよ――レズゲイト？　いや、レズゲイトじゃない――スワンだ！　あなた、C・J・スワンでしょ。それともC・Aでしたっけ？
レズゲイト　C・Aです――あなたのほうが、もの憶えがよくていらっしゃる。フィッシャー――いつお会いしましたかな？
トニー　ケンブリッジ大に通われていたのでは？
レズゲイト　ええ。

トニー　二十年近くも前のことですからね、憶えておられないでしょう。あなたは最上級生、ぼくは新入生でしたし。
レズゲイト　おやおや！　こいつは奇遇だ！

ふたりは握手を交わす。

トニー　（ホームバーへ行って）こうなったら、とびきりの酒をご馳走しますよ。白状すればさっきまでは、安物のポートワインでお茶を濁すつもりだったんですが。さて、なんの酒があったかな。（ブランデーの瓶をかかげる）こいつなんかどうです？
レズゲイト　最高だね。（ソファへ腰を下ろす）ところで――車を売りに出していることは、どうしてわかったんだ？

トニーはブランデーをふたつのグラスに注ぎ、瓶をデスクに置く。そしておもむろに答える。

トニー　あなたの行っているガソリンスタンド、あそこで聞いたんですよ。
レズゲイト　そりゃあ妙だな。あそこの連中に話した憶えはないが。
トニー　ガソリンを入れに寄ったときに、手ごろなアメリカ車を探していると言ったら、あなたの電話番号を教えてくれたんですよ。売りに出してらっしゃるのは間違いないんですよね？
レズゲイト　（笑いながら）ああ、それは間違いないさ。

トニー　（痛そうに足を引きずりながら、レズゲイトへ近づく）ならよかった。さっそく値段交渉といきたいところですが、その前に少なくとも三杯は飲んでいただきますよ。（レズゲイトへグラスを手渡す）

レズゲイト　（グラスを受け取りながら）言っておくが、ぼくはそうそう折れたりせんよ。たとえ酔っぱらおうともね。

トニー　ぼくもですよ。

ふたりは笑う。

レズゲイト　しかしそれにしても、まだ見たことがある気がするな。ケンブリッジを出たあとにも。

トニー　ウィンブルドンに行かれたことは？

レズゲイト　あ、そうだ——ウェンディス——トニー・ウェンディスじゃないか。（当惑して）なんだってまた、フィッシャーなどと？

トニー　（からかうように一瞥して）それを言うなら、あなたこそなぜレズゲイトなどと？（レズゲイトは、きまり悪げな表情をうかべる）葉巻でもどうです？

レズゲイト　（パイプを取り出す）せっかくだが、ぼくはこれしかやらんのでね。

トニーは一瞬、少し驚いたように動きを止めたのち、視線をほかへ向ける。

トニー　変わりましたね、昔とは。
レズゲイト　うん？

トニーは左の壁へ近づき、一枚の額入り写真を下ろす。ディナーを囲む若者たちが写っている。

トニー　大学ではいつも、えらく上等の葉巻をやっていたじゃないですか。待っててください、あなたの写真があったはずですよ。（写真をレズゲイトに見せる）ほら、これです。大学の親睦会のときの。右に写っている、巨大な葉巻をくわえているのがそうでしょう。
レズゲイト　（面白がって）ははっ！　親睦会に出たのは、あとにも先にもこの一回きりだったな。なんて面《つら》をしてるんだ、まるで殺し屋だ。
トニー　（レズゲイトよりも、さらに面白がって）たしかに——言い得て妙ですね。まあ、ぼくはずっと憶えていましたよ。大学舞踏会のことがありましたから。（間）たしかあなたは、会計係をされていましたっけ。
レズゲイト　ただ働きなうえに、辛気臭《しんきくさ》い役目でな。
トニー　そういえば、入場料の一部が盗難に遭ったんでしたね。（ソファへ腰を下ろす）
レズゲイト　そうだ。百ポンド近くだったな。事務室の手提げ金庫に保管しといたんだが、翌朝見ると金庫ごと消えていた。今思い出しても、冷や汗が出てくるよ。
トニー　守衛のしわざだったんですよね。
レズゲイト　そうだ。アルフレッドの爺さん、気の毒に。へぼのくせに、競馬に入れこむものだから。

爺さんの家の裏庭から、金庫が見つかったんだ。

トニー　けれども、金はなくなっていた。

レズゲイトは写真をトニーへ返す。トニーはそれをコーヒーテーブルに置く。

レズゲイト　そうだったかな。なにしろ二十年も前のことだ。

トニー　近ごろは何をなさっているんです?

間。

レズゲイト　不動産の仕事だよ。（話題を変えて）あいにくテニスには、さほど明るくないんだが。今年はウィンブルドンに出たのかね?

トニー　いいえ。もうテニスとは縁を切りましてね。いやむしろ、テニスのほうに縁を切られたと言いますか。食いぶちを稼がなければならない時期は、誰にでもあります。金のため、コートを走りに走ったものですよ。三度も世界を回りましてね。

レズゲイト　きみは映画スターさながらに、もてはやされていると思ったがな。

トニー　映画スターなら儲かるんですがね。

レズゲイト　なるほど。

トニー　まあ、それでもこまごまとやりくりしまして。七年間で千ポンドちょっと貯めました。映画スターの稼ぎに比べれば、微々たるものでしょう。

レズゲイト　それで今はどうなんだ？　何か荒稼ぎでもしているのかね？

トニー　スポーツ用品店に勤めています。給料はさほどでもないですが、暇だけはたっぷりありますよ。

レズゲイト　（室内を見回す）そう言うが、ずいぶんと結構な住まいじゃないか。

トニー　（謙遜するように）まあそこは、妻がそれなりの財産持ちなもので。でなければさすがに、車に千ポンドもつぎこめませんよ。

レズゲイト　千百ポンドだ。資産家はいいご身分だな。ぼくはもう諦めて、汗水垂らして働いているよ。

間。

トニー　（もの思わしげに）金持ち女と結婚すればいいでしょう。

レズゲイト　それで暮らしてる者もいるだろうね。

トニー　（静かに）ぼくもその口ですよ。

間。

レズゲイト　（笑って）惚れた女がたまたま、財産持ちだっただけだろう。

トニー　いいえ。（間）ぼくはずっと、金目当ての結婚をするつもりだったんです。そうする必要があったんですよ。一流のテニス選手だったころは、世界中の裕福な人々と交流がありました――とにもかくにも、脂《あぶら》が乗っているあいだはね！　今のうちにとっととチャンスをものにしようと決めて、あるボストンの令嬢との結婚を考えました。樽《たる》みたいに太ってましたが、五百万ドルの財産がありましたので。新聞に写真が載るまで行ったんですが、ご令嬢はぼくを捨てて、食料雑貨店チェーンの跡取り息子とくっついてしまいました。やんごとなき方々の団結ぶりときたら、目を見張らんばかりですよ。しかたがないので、ぐっと少ない金額で手を打ちました――ずっと手軽なところでね。妻は、ぼくのファンだったんですよ。

レズゲイト　それはまた――身もふたもない話だね。

トニー　呆れましたか？

レズゲイト　いいや。自分の欲するものを知っている人間は、尊敬に値するよ。

トニー　どんなものにでも、対価を支払ってもいいと思うか――それを知ることが肝心ですよ。どんなものにも、適正な値段というものがあります。失敗する人間は、無理に値切ろうとするからしくじるんです。本当に欲しければ、大きな代償も払わなければいけない――ぼくはそれを学んできました。そして実際に、欲しいものを手にしてきました。

レズゲイト　卓見だね。（腕時計に目を落とす）申し訳ないがそろそろ――

トニー　その前に、妻の話をいいですか。妻は、死んだ伯母から財産を引き継ぎました。その伯母は、死んだ夫から引き継ぎました。その夫は最初の妻から。もちろん、ひとり死ぬたびに相当削り取られましたが、それでもかなりの額が残りました。

レズゲイト　（冗談ぽく）きみは金目当てで結婚したと言ったが、奥さんのほうはどうなんだ？　どうしてきみと結婚を？

トニー　（端的に）ぼくがテニス界のスターだったからですよ。どこぞの店員あたりだったら、相手にされなかったでしょうね。

レズゲイト　だが、もうテニスはやめたんだろ。それでも捨てられていないじゃないか。

間。

トニー　時間の問題ですよ。（痛そうに立ち上がろうとする）

レズゲイト　（立ち上がる）ぼくがやるよ。膝を痛めてるんだろ。

トニー　ああ、すみません、先輩。じゃあ、瓶ごとこっちへ持ってきてもらえますか。

レズゲイト　それがいいな。

レズゲイトはブランデーの瓶をデスクから取ってくる。トニーのグラスに酒を注ぎ、続けて自分のにも注ぐ。トニーはそのあいだ、ずっとレズゲイトを見つめている。

トニー　聞いていただけますか？

レズゲイト　何をだね？

トニー　妻のことです――なぜ捨てられるのが時間の問題なのか。

レズゲイト　きみの自由だよ――きみに歓待されている身だからね。

トニー　どうも。正直に言うと、助けてもらいたいんです。率直な助言が聞きたいんですよ。

レズゲイト　なんでも言ってみるといい。（瓶をコーヒーテーブルに置き、腰を下ろす）

トニー　結婚後、いろんな選手権に出るぼくのあとを、マーゴはずっとついてきていました。思うに、それがきつかったんでしょう。海外でのもてなし続きに疲れたのかもしれません。帰国したたん泣きつかれました――テニスなんかやめて、夫としての役目を果たしてほしいと。それでまあ、しかたなく妥協しましてね。芝生コートのシーズンが来ると単身アメリカへ行って、全米選手権を終えて帰国しました。留守中にたくさんのことが起こったと、すぐにわかりましたよ。ひとつには――妻はもう、ぼくを愛してはいませんでした。電話がひんぱんにかかってくるんですが、ぼくが居間へ来ると切ってしまうんです。それから学生時代の友達に会ってくると言って、ちょくちょく出かけるようになりました。そんなある日、喧嘩になりまして――屋内コートのトーナメントに参加しようとしたら、またぞろ反対されましてね。頭に来て寝室に引っこんでいたら、電話が鳴ったんです。何やら慌てて喋っていたかと思うと、突然やたら熱心に、やっぱりトーナメントに出るべきだと言いはじめて。だからぼくは荷物を車に積んで、出かけたんです。（間）けれども、二本先の街路で車を停め、もと来た道を徒歩で引き返しました。十分後、妻が家から出てタクシーに乗ったので、ぼくもタクシーを捕まえて。（間）その学生時代の友達というのは、チェルシーのワンルームマンションに住む男でした。マンションの窓から、そいつがガスこんろでスパゲティをこしらえているのが見えたんです。ほとんど言葉は交わしませんが、妻とふたり一緒のさまが、実にしっくり来ましてね。愛があるかどうかというのは、見れば不思議とわかるものです。ぼくは歩いて、その場を離れました。妻に離婚されでもしたら、どんなことになるだろうかと思いはじめました。まず何よりも、身過ぎ世過ぎの手立てを見つけなければなりません。ふいに自分が、妻頼みの暮らしにどっぷり浸かっていたことに気がつきました。一流選手だったころ、すっかりぜいたくを覚えてしまった。テニスだって、全盛期にはもう戻れるはずもない。あの女が、ぼくを見限ろうとしている――あのときほど恐ろしくなったことはありません。そこらのパブにふらりと立ち寄り、何杯か立て続けにあおりました。隅っこの席に座りこんで、ひたすら思案にふけりました――相手の男を殺す方法を三通り考え出したあとに、妻を殺すことを思いついて。よくよく考えてみれば、そのほうがはるかに手っ取り早いんです。さてどうやって殺すかと頭を悩ませているとき――たまたまあるものを見て、突如ひらめいたんです。（間）けっきょくトーナメントには行きませんでした。家に帰ってみると妻はちょうどそこ、あなたの座っている場所にいました。ぼくは妻に、もうテニスはきっぱりやめて、これからはきみを大事にすると伝えました。

間。

レズゲイト　するとどうなった？
トニー　（突然調子を変えて、快活に）それがですね、ふたを開けてみれば、それほど慌てる必要もなかったんですよ。どうやら件《くだん》のスパゲティは、別れのディナーとしてこしらえていたようですね。その男はニューヨークへ帰っていきました。
レズゲイト　アメリカ人だったのか？

トニー　そうです。その後向こうから、長文の手紙が来るようになりました。きまって木曜に届くんです。妻はそれを焼き捨てていましたが、一通だけはとってありました。その一通は、妻がハンドバッグからハンドバッグに移しかえて、片時も離さず持ち歩いていました。ぼくはその手紙のことが、頭から離れなくなりました。何が書いてあるのか、なんとしても突き止めなければならないと。そしてとうとう——突き止めました。実に興味深い内容でしたよ。

レズゲイト　盗んだってことか？

トニー　ええ。金を払えば返してやると、匿名の手紙まで二通出しまして。

レズゲイト　なぜだ？

トニー　そうすれば妻はやむなく、男のことをぼくに白状するんじゃないかと思ったんですよ。でも当てが外れました。だから手紙は、ここにとってあります。

トニーは札入れを取り出し、逆さにしてマックスの書いた手紙をソファの上へ落とす。レズゲイトが拾って、封筒の上からしげしげと眺める。

レズゲイト　で、どうしてぼくに話したんだ？

トニー　あなただけは信用できるからですよ。（レズゲイトが手紙を札入れに戻してやる。トニーは札入れをパタンと閉める）ともあれ、功は奏しました。よほど恐ろしかったんでしょう、手紙はぱたりと来なくなりました——それからふたりは幸せに暮らしましたとさ、という感じです。（声の調子が変わる）考えてみればおかしなものです。ちょうど一年前、ぼくはナイツブリッジのパブの隅っこで、妻を殺す算段をしていたんです。あるものを見かけてひらめいていなければ、実際に手を下していたかもしれません。

レズゲイト　（トニーへ半ば背を向けて——ソファの後ろのテーブルに載っている灰皿に、コンコンとパイプを打ちつけて灰を落とす）ふうむ。（コン、コン、コン）それで、何を見かけたんだ？（コン、コン）

トニー　（短い間。そののち静かに）あなたですよ。

長い間。

レズゲイト　（ゆっくりと振り向いてトニーを見る）ぼくがなんだと言うんだ？

トニー　たまたまなんですがね、そのわずか一週間前に、大学の親睦会であなたの話を聞きまして。戦争中、軍法会議にかけられて一年間ぶちこまれていたそうですね。それは初耳でしたけれども、大学時代はみんなが噂していたものですよ——スワンのやつは、遅かれ早かれ牢屋行きだろうって。例の金庫の件でしょうね。

レズゲイト　金庫がどうしたって？

トニー　（笑いながら）いやだなあ、みんな知ってることですよ。あの金を盗んだのはあなただって。アルフレッドの爺さん、気の毒に。

レズゲイト　（立ち上がる）ご馳走さん。奥さんとの話は面白かったよ。（玄関ホールへ向かおうとする）どうやら車はお望みじゃないようだ。

トニー　おや。どうしてお呼びだてしたか、気にはならないんですか？

レズゲイト　気になるね。話してもらえるのか。

次の台詞のあいだに、トニーはソファから立ち上がる。もう足は引きずらない。ハンカチを取り出し、親睦会の写真の指紋を拭ってから壁に戻す。それからコーヒーテーブルの一部分、ブランデーの瓶を注意深く拭っていく。ソファの後ろへ行き、灰皿を手にとって中身を暖炉に空ける。そして、やはりハンカチで拭い、ソファの後ろのテーブルへ戻す。

トニー　パブであなたを見たとき、これで道がひらけたと思いました。数ヵ月前、ぼくはマーゴと互いに遺言状を作成しました。万一の際には相手にすべてを遺《のこ》すと記した、ごく簡単なものです。妻の財産は、総額で九万ポンドを超えました。大半は投資証券ですから、相続は楽なものです。となると、むしろ危険きわまりない。妻にもしものことがあれば、ぼくが疑われるにきまっていますから。動かしがたいアリバイが必要です。そんなとき、あなたをお見かけしたんですよ。かねてからぼくは、出所後の人間の生活に関心がありましてね——そう、あなたみたいな人間の。職にはつけるんですか？　昔の友達は手をさしのべてくれるんですか？　そもそも友達なんて、ひとりもいたことがないんじゃないですか。そのあたりをぜひとも確かめてみたくて、あなたのあとを尾《つ》けました。あの夜、あなたの家まで行って——あ、グラスをこっちへいただいても？　（レズゲイトは当惑しながら、トニーへグラスを手渡す）どうも恐れ入ります——それ以来、ずっと尾けるようになったんです。

レズゲイト　なぜだ？

トニー　（レズゲイトのグラスを拭き、コーヒーテーブルへ戻す）期待したんです。いずれそのうち、何かの現場を押さえて――

レズゲイト　脅してやろうというわけか？

トニー　ご協力を仰ぎたいと思ったんですよ。数週間経つとあなたの生活パターンが見えてきたので、仕事はずっと楽になりました。

レズゲイト　しち面倒なことを、ご苦労さんだな。

トニー　最初はたしかにそうでしたがね。でも、おわかりいただけると思いますが――たとえば趣味なら、詳しくなればなるほどのめりこんでいくでしょう。ぼくもあなたにのめりこみました。それどころかあなたが――自分の一部のように思えたこともある。

レズゲイト　それはそれは。

トニー　月曜と木曜、あなたはきまってドッグレースへ行かれていた。ぼくも賭けてみましたよ――あなたの気持ちに近づくために。いつの間にか、アダムズに改名なさっていたんですね。

レズゲイト　スワンという名に飽きたのでね。いけなかったか？

トニー　いいえ、ちっとも。それからあなたは、ソーホーの会員制クラブに入りびたっていました。おかしな名前の――（思い出す）そうだ、〈ケトル・オブ・フィッシュ〉だ（「魚のやかん」または「魚の鍋」。「厄介な状況」の意がある）。最近警察の摘発で、廃業に追いこまれたそうですね――なんでも、ドラッグをやって捕まった者が出たとか。

レズゲイト　（何気なく）初耳だね、それは。だがな、ぼくは飯を食いに行ってたんだ。罪に問われることはしていない。

トニー　もちろんです。まったく、法に触れることはいっさいやってくれないんですから。いささか失望しましたよ。けれどもある日、あなたはお住まいの下宿からふっつり姿を消しましたね。下宿のおかみに電話してみたんです、「アダムズ氏に、五ポンドの貸しがある者なのですが」とね。でもその額じゃあ、まるきり甘かったですよ。アダムズ氏は家賃を六週間分未払いのままにしたうえに、おかみのいちばん大切な店子《たなこ》から五十五ポンドを借り逃げしたというんですから！　アダムズ氏は実にすてきな紳士だったそうで、金のことよりそっちのほうがショックだったようですよ。

レズゲイト　ああ。みんなそっちでショックを受けるんだ。（コーヒーテーブルへ近寄り、ブランデーの瓶に手を伸ばす）

トニー　（ソファの肘掛けに置かれた手袋を指さす）すみませんが先輩、お代わりを飲まれるのであれば、その手袋をはめていただけますか？　（レズゲイトは肘掛けの手袋を一瞥するが、手にとろうとはしない）おや、よろしいんですか。さて、どこまで話しましたっけ？　ああ、そうそう、あなたの行方がわからなくなったところまでだ。ある日ドッグレース場でようやく発見したので、また尾けていって、新たなお住まいを突き止めました。ベルサイズ・パークの下宿でしたね。そこでアダムズ氏は、ウィルソン氏になりました。ウィルソン氏は七月に十五週間分の家賃を踏み倒してベルサイズ・パークを去るまでに、ある女性と腰掛け程度の交際をして、いくらか懐《ふところ》をうるおしました。ええと――ウォレスなるご婦人でしたか。デートは毎週水曜と日曜。あちらのほうが、あなたにぞっこんでしたねえ。その見事な口ひげ、自分のためにたくわえてくれたと思っていたようですよ。かわいそうに、ウォレスさん。

レズゲイト　興味をそそる話だね。続けたまえよ。

トニー　七月――八月――九月と、今度は〈カーライル・コート〉一二七号室にお住まいの、ヴァン・ドーンというご婦人です。彼女のご亭主は、二軒のホテルと大きな家具つきマンションを奥さんに遺して亡くなった。転がりこむにはもってこいですよね、レズゲイト大尉殿！　ただ問題は、相手もかなり遊びなれていて、とびきり金のかかる女だってことです。ここ一ヵ月あまり、彼女の車を売ろうとしていたのもそのせいだ。

レズゲイト　売ってくれと頼まれたんだ。ヴァン・ドーン未亡人から。

トニー　わかっていますよ。あなたがここに着く前、ご本人に電話で確認しましたから。未亡人は、代金は八百ポンドだとおっしゃっていましたよ。

間。レズゲイトはじっと動かない。

レズゲイト　（何気ない調子で）最寄りの警察署はどこだね？

トニー　教会の前ですよ。歩いて二分です。

レズゲイト　これから行くと言ったら？

トニー　何を言いに行くんです？

レズゲイト　何もかもだ。

トニー　何もかも？　アダムズ氏やウィルソン氏のことを？

レズゲイト　違う。脅されて、強要されそうになっていると言うんだ。

トニー　何をです？

レズゲイト　きみの奥さんを殺すことをさ。

間。

トニー　（面白がって）かまいませんよ。妻が聞いたって、笑い話になるだけだ。

レズゲイト　何か忘れてやしないか？

トニー　はて、そうでしたっけ？

レズゲイト　今夜はいろんな話を聞かせてもらったからな。

トニー　どんな話を？

レズゲイト　きみがチェルシーのワンルームマンションまで、奥さんを尾けていっただの――男と一緒にスパゲティを作るのを覗いてただの、そういった愚にもつかない話をさ。警察も耳を貸すだろうよ。

トニー　でしょうね。あなたが自分でしでかしたことを、喋りたてていると思うでしょうから。

レズゲイト　ぼくが？　なんだってそんなことを？

トニー　ハンドバッグを盗んだのは、あなたかもしれない。脅迫状を書いたのもあなたかもしれない。間違いなくやっていないと、身の証が立てられますか？　言っておきますが、ぼくがやったという証拠はないですよ。ぼくとあなたの言い分が、真っ向からぶつかるでしょうね。

レズゲイト　（面白がるように）まあ、お巡りどもは困惑するだろうな。ちなみに、きみの言い分というのは？

トニー　今夜あなたが、だいぶ酔っぱらってうちへ来て――大学の先輩後輩だったよしみで、金を貸せと言ってきた。ぼくが断ると、妻の持っていた手紙がどうのこうのと言い出した。どうやらぼくに売りつけようとしているらしい。ぼくは手持ちの金をはたいて、その手紙を買い取った。手紙にはあなたの指紋がべったりですよ。憶えていますか？　（ポケットから札入れを出し、レズゲイトに見せる）それからあなたはこう言った――もしも警察に言いつけたら、ぼくから妻殺しを頼まれただの、でたらめを吹きこんでやるからなと。さて先輩、そんな展開を引き起こす前に、どんな厄介ごとが待ち受けているか考えてみてください。ご承知の通り、ぼくはかなりの有名人です。警察ざたになれば、あなたの写真も新聞に載るでしょう。となればかつての下宿のおかみたち、店子たちが代表団でもこしらえて、あなたの人品《じんぴん》について口々に証言してくれますよ。中にはあなたがウォレスさんとご一緒のところを、見かけた者もいるに違いない。（間）あなたはいつも、あのご婦人とは人目を忍んで会っていましたね――気づいていましたよ。いつだって、知り合いの目の届かない場所で会っていました。たとえばピムリコの、さえないレストランだとか。

レズゲイト　あっちが言い出したことだ。ぼくの考えじゃない。

トニー　そうですか。それにしても安っぽい店でしたね。とうていヴァン・ドーン未亡人をお連れできるようなところじゃない。ところで、未亡人はご存じなんですか――アダムズ氏やウィルソン氏、それからウォレスさんのことを。再婚相手に納まる気なんですよね？

レズゲイト　鼻が利くな。

トニー　それほどでも。考えをめぐらす暇があっただけですよ――あなたになったつもりでね。だから、引き受けてくれるはずだと思いました。
レズゲイト　どこをどう押したら、そんな考えになるんだ？　ぼくが引き受けるなどと。
トニー　鞭で尻をたたいて、人参を目の前にぶら下げてやれば、ロバは前へ進みます。それと同じ理屈です。

長い間。

レズゲイト　人参について、詳しく聞かせてもらおうか。

長い間。トニーはレズゲイトへ視線を注ぐ。

トニー　現金で千ポンドです。

長い間。レズゲイトはトニーへ目を向ける。ふたりの目が合う。

レズゲイト　たったそれっぽっちで、殺しをやれと？
トニー　二、三分で終わる仕事ですよ。危険もありません、保証します。あなたにはおいしい話のはずですよ。そもそも危ない橋なら、渡ったことがあるじゃないですか。
レズゲイト　（ひどく苦労しつつ、笑みを作ろうとして）なんのことだかさっぱり――

トニー　それじゃあはっきり言いましょうか。どの新聞にも載っていましたよ。ある中年女性が、コカインの過剰摂取で死亡していたのを発見されたって。長時間にわたって摂取し続けていたとみられるが、薬の入手経路は不明だそうで――けれども、ぼくたちにはわかっていますよね。かわいそうに、ウォレスさん！（この話に、レズゲイトは衝撃を受ける。長い沈黙が落ちる。トニーは声の調子を変えて）ところで、あなたは海外でたっぷり休暇をとるべきですよ。ヴァン・ドーン未亡人との新婚旅行は、きっとすてきなはずですよ――ダートムア刑務所で十年過ごすよりもね。千ポンドの持ち合わせがあれば、問題なく未亡人と結婚できるでしょう。所帯を持つなら、持参金があるに越したことはない。

レズゲイト　（笑みをうかべ、嫌味をこめて）で、その千ポンドとやらは――どこにあるんだ？

トニー　（大真面目に）小さなアタッシェケースに入れて、一時預かり所に置いています。

間。

レズゲイト　どこのだ？

トニー　ロンドンのある場所です。もちろん、二度とお会いしないつもりですから。あなたが――ことをやり終えたら、預かり所の引き換え券とケースの鍵を郵送します。（トニーはデスクの引出しを開け、ハンカチを使って一ポンド札の束を取り出すと、それをレズゲイトへ投げてよこす。札束は、居間反対側のソファの上に落ちる）まずは百ポンドをどうぞ。手付金です。

レズゲイトは札束を見下ろすが、手を触れようとはしない。

レズゲイト　（なおも疑わしげに）このうちのたった一枚からだって、足がつくだろう。そうなったらふたりとも、まとめて吊るし首だ。

トニー　心配ありませんよ。週に二十ポンドずつ、ふだんの引き出し額に加えておろし続けたんですから。まる一年かけてね。五ポンド札でおろして、折をみて一ポンド札に替えて。

レズゲイト　（デスクへ近づく）口座明細を見せてくれ。

トニー　ええ、かまいませんよ。（トニーはデスクの引出しを開け、明細を取り出すと、レズゲイトに見えるようにひらいて押さえる。レズゲイトはそちらへ手を伸ばす）おっと、触らないで。

レズゲイト　前のページを見せろ。（トニーはページをめくる）この一年で、残高が千ポンド以上も減っている。ここを警察に突っこまれたら？

トニー　（微笑んで）ぼくは、週に二度ドッグレースに行っていましてね。

レズゲイト　賭け屋で裏をとられるぞ。

トニー　あなたと同じに——ぼくもいつも、券売機を利用しているんです。（間）これでご満足ですか？

長い間。レズゲイトはデスクの右脇に、窓に背を向けて立っている。トニーはデスクの反対側から、レズゲイトを見つめている。

レズゲイト　それで、いつやれと？
トニー　明日の夜に。
レズゲイト　明日だと！　冗談じゃない。もっと考えさせろ。
トニー　明日でなければいけないんです。そのように段取りをつけましたから。
レズゲイト　場所は？
トニー　ちょうど今、あなたの立っているあたりです。

この言葉に、レズゲイトはぎくりとする。かなり長い間。

レズゲイト　（静かに）筋書きは？
トニー　明日の夜、ハリデイ――件《くだん》のアメリカ人の名前ですが、ぼくはそいつを連れて、近所で催されるスタッグ・パーティに行きます。妻はここに残ります。早めにベッドに入って、ラジオで〝土曜の夜の劇場〟を聴くはずです。ぼくが留守のときは、いつもそうしていますから。十時三十七分になったら、表の出入口から建物に入ってきてください。（玄関ホールへ向かう）ここのドアの鍵は、階段の絨毯《じゅうたん》の下に隠しておきます――ほら、ここに。

トニーは、玄関のドアを大きく開けはなって外へ出る。まわりを見て人影のないことを確かめると、階段のひとつの段を指さす。その段は、開けたままのドアからはっきり見える位置にある。室内へ戻ってきて、玄関のドアを閉める。

レズゲイト　五段目だな。

トニー　そうです。それからまっすぐ窓へ向かって、カーテンの陰に隠れてください。（間）十時四十分きっかり、ぼくはホテルから勤め先の店長へ電話をかけようとします。そして番号を間違えて——ここの電話へダイヤルします。ぼくの役目は、それで終了です。（間）電話が鳴ると、寝室のドアの隙間が明るくなるでしょう。妻がドアを開け、明かりが居間へ流れこんできます。妻が電話に出るまで、けっして動かないでください。（間）物音も立てないで。（間）ことを終えたら、受話器を拾い上げて小さく口笛を吹いて、電話を切ってください。いいですか、絶対に喋らないこと。ぼくもひと言も喋りません。あなたの口笛が聞こえたら、ぼくも受話器を置いて、電話をかけ直します——今度は正しい番号に。何食わぬ顔で店長と話し、パーティへ戻ります。

レズゲイト　（向き直る）それでどうなる？　次はどうすれば？

トニーはホームバーの左の壁に立てかけた、革のスーツケースを指さす。

トニー　ここにスーツケースを置いておきます。中身は、クリーニングに出す予定のぼくの服です。これを開けて、服を床にぶちまけてください。（トニーはスーツケースを持ち上げる。ソファの後ろを通って暖炉の前へ行き、床へ下ろす。本棚に並んだトロフィーを指さす）それからこの煙草入れと、このトロフィーをいくつか詰めて。スーツケースのふたを閉めて、でもロックはかけないで。（間）終わったら、ここに置きっぱなしにしていってください——こんなふうに。

レズゲイト　慌てて逃げたように見せかけるのか？
トニー　そうです。さて――窓のことですが。錠が下りていたら、外して開けておいてください。（間）けれども出ていくのは、入ってきたところからです。
レズゲイト　（玄関のドアを指さして）あのドアからか？
トニー　はい。それから――ここがいちばん肝心な点ですが、出ていくときに、鍵を元の場所へ戻しておいてください。
レズゲイト　階段の絨毯の下に？
トニー　はい。

レズゲイトは困惑顔で、室内を見回す。

レズゲイト　それで、お巡りどもはどう考える？
トニー　連中は、あなたが窓から侵入したと思うでしょう。あなたはここが留守宅だと思いこんで、スーツケースを持ってきて仕事にとりかかった。妻は物音を聞きつけて、寝室の電灯をつけた。あなたはドアの隙間の明かりに気づいて、カーテンの陰に隠れた。そして居間に入ってきた妻を、悲鳴を上げる間もなく襲ったんです。その結果、殺してしまったことに気づいて、慌てふためいて庭へ飛び出した。盗もうとした品を放り出してね。
レズゲイト　ちょっと待った――窓から入ったことにすると言ったが、窓には錠が下りているんじゃないのか？

トニー　ご心配なく。妻は寝る前によく庭を散歩しては、錠をかけるのを忘れるんです。ぼくが警察にそう証言します。

レズゲイト　しかし、奥さんの口から――

間。

トニー　死人に口なしですよ。そうじゃありませんか。

間。レズゲイトは、今の筋書きを吟味する。

レズゲイト　庭から逃げてはまずいのか？

トニー　ええ。鉄の門を乗り越えなければいけませんから。誰かに見られでもしたら、あとを尾《つ》けられるかもしれません。

レズゲイト　（玄関のほうを向いて）わかった。このフラットを出て――階段の絨毯の下に鍵を戻して、表の出入口から街路へ出るんだな。だが、そこの出入口が施錠されていたら――そもそも建物に入れないだろう。

トニー　あそこはいつも開いたままですよ。

レズゲイト　きみはいつ帰ってくるんだ？

トニー　十二時ごろです。別れる前にうちで一杯やろうと、ハリデイを誘って連れてきます――そこで死体を発見するのです。うちを出てから、ずっとそいつと一緒だった――ということで、ぼくのアリバイが成り立つわけです。

レズゲイトは室内のあちこちに目をやりながら、ひとつひとつの状況を思いうかべて確認していく。玄関のドアへゆっくりと近づき、数インチほど開けて隙間から階段を覗く。数秒後、ドアを閉めてトニーへ向き直る。

レズゲイト　ひとつ見落としてやしないか。
トニー　何をです？
レズゲイト　きみがその――ハリデイだったか、その男と帰ってきたとき、どうやってフラットに入るんだ？
トニー　自分で開けて入りますよ。
レズゲイト　だがきみの鍵は、階段の絨毯の下だ。どうしたって、取り出すのを見られちまうぞ。そうなればおじゃんだろ。

トニーは喋りながらドアの前に行き、取っ手などの指紋を拭き取る。それからデスクへ近寄って、デスクと椅子を拭く。

トニー　絨毯の下の鍵は、ぼくのじゃありませんよ。妻の鍵です。うちを出る前に、ハンドバッグから抜いてあそこに隠しておきます。妻は外出しないんですから、気づくわけがありません。ハリデイを連れて帰ってきたら、自分の鍵を使って入ります。そして、あの男が庭だとか、そのあたりを捜索しているうちに、妻の鍵を絨毯から抜き出してハンドバッグへ戻しておきます。警察が到着する前にね。

レズゲイト　そこのドアに、鍵は何本あるんだ？

トニー　ぼくと妻のだけですよ。

電話が鳴る。トニーは出ようか出るまいか迷って、しばし躊躇《ちゅうちょ》する。それからデスクの奥へ回って、窓に背を向け、レズゲイトのほうを向いて立つ。受話器を上げる。トニーが電話に出るとすぐ、レズゲイトはソファの肘掛けから木綿の手袋を取り上げてはめる。そして、以下の通りに室内を動く——寝室のドアを開け、中を覗く。寝室の電灯をつけ、ドアを開けはなったまま、居間の照明のスイッチへ近づいて消灯する。さらにフロアスタンドのスイッチも切る。そのため室内の明かりは、寝室から差しこむ光だけになる。レズゲイトはトニーの背後に回り、カーテンの隙間から外を覗いてみる。さらにカーテンを開け、窓の錠を外して開けて、庭に目をこらす。窓を二度開け閉めして、軋《きし》む音がしないかどうか確かめる。元通りに窓の錠をかけ、カーテンを閉める。フロアスタンドと照明のスイッチを入れ、寝室へ戻って電灯を消し、ドアを閉める。ソファへ近寄り、札束をまじまじと見下ろす。この状態のときにトニーが電話を切り、会話を終える。

電話での会話――トニーとマーゴ。電話越しに聞こえるマーゴの声は、幸せそうにはずんでいる。

トニー　メイダ・ヴェイル―０４０１です。
マーゴ　トニー、わたしよ。
トニー　（明るい声で）やあ、マーゴか！　そっちはどうだい。
マーゴ　（興奮しきって）すばらしくってよ！　とてつもないお芝居で、息をつく暇もないくらい。
トニー　それは災難だな――あ、いや、楽しんでいるようでよかった。
マーゴ　お仕事ははかどっていらして？
トニー　いやあ、眠くてたまらないよ。（あくびをする）たった今コーヒーをいれたところさ、眠気覚ましにね。（寝室の戸口に立っているレズゲイトを見て）あ、ちょっと待った、誰か来たみたいだ。（受話器を手で覆って、レズゲイトに）気をつけて、寝室の窓へ近づくと、外から見えますよ。（マーゴに）ごめんごめん、勘違いだった。
マーゴ　それで、あなたおいでになれて？
トニー　ううむ、すまないが無理だな。まだほとんど手をつけていないありさまでね。
マーゴ　（本当にがっかりして）まあ！　どうしても駄目なの？
トニー　別の日に埋め合わせをするよ。
マーゴ　あの、トニー――
トニー　ん？

マーゴ　こんなお願い、気が引けるんだけれど——お芝居のあと、マックスさんとどこかへ出かけてもかまわないかしら？　ほら、なにしろ——

トニー　もちろんかまわないよ。目当てはなんだい——ダンス？

マーゴ　そうね——

トニー　〈ジェリーズ〉へ連れていったらどうだい？

マーゴ　どうやって入ればいいの？

トニー　ぼくの名前を出せば大丈夫さ。バンドの音楽はともかく、料理は悪くないよ。

マーゴ　あなたは、お夕飯はどうなさるの？

トニー　さっきランチョンミートの缶詰を開けたよ。

マーゴ　まあ、そんな。

トニー　そうそう、きみが出かけてすぐモーリーンから電話が来たよ。水曜のディナーに招きたいそうだ。スケジュール帳にきみの字で何か書いてあったが、読めなくってね。（スケジュール帳を見る）ええと、アル——ベントール？　誰だい？　これも男友達？

マーゴ　アルバートホールよ、ばかね。

トニー　ああ、なるほどアルバートホールか。ともあれ、これで行かずにすむわけだ。まったく、モーリーンの料理ときたら——

マーゴ　あら、ベルが鳴ったわ。もう行かなくっちゃ。

トニー　そうか。それじゃあ——楽しんでおいで。（電話を切り、向こうのレズゲイトを見やる）さて？

レズゲイト　（ためらうが、やがておもむろに札束を拾い上げ、トランプのように端をパラパラとはじく。

トニーを見やり、静かに——うなずいて）商談成立だ。（札束を内ポケットにしまう。トニーは微笑む）

——幕——

第二幕

【第一場】

前場と同じ。土曜の宵《よい》。室内は上からの照明と、ブラケット灯で照らされている。外は暗くなっているが、カーテンはまだ閉じられていない。炉火があかあかと燃えている。革のスーツケースは、前場と同じくホームバーのそばに立てかけてある。マックスのコートがコート掛けにかけてある。トニーのレインコートは玄関ホールの椅子の上。小型のラジオが、右手の棚の上に載せてある。マーゴとマックスはソファに腰かけ、マーゴが新聞のスクラップブックを見せている。ふたりの前のコーヒーテーブルには、畳んだ新聞や切り抜きが積み重なっている。トニーはホームバーでカクテルを作っている。トニーとマックスはタキシードを着ているが、マーゴはイブニングドレスを着てはいない。幕が上がると、三人とも笑い声を上げている。

トニー　――それでその男は、集中を乱されてしまいましてね。あえなく次の試合を落としたというわけですよ。

マーゴ　（トニーに）あなた、マハラジャの写真はどこかしら？

トニー　（ソファの後ろへ行き、マックスへカクテルを手渡す）そこの、まだ貼りこんでいない中にあるはずだよ。（マーゴは、コーヒーテーブルに置かれた切り抜きから目当てのものを捜す。トニーは自分のカクテルを手に暖炉へ近づいて、炉火で背中を温める。マーゴに向けて）その切り抜きの山は、いつスクラップブックに納まるんだい？

マーゴ　そのうちにやるわ——時間のあるときに。（新聞紙の一枚をひらく）あったわ、これこれ。（マックスに見せながら）ほら、これがマハラジャよ。まるでおとぎ話のようじゃなくって？

トニー　ロールスロイスを四台と、戦艦が重さで沈むほどの宝石を持っているんですよ。ところがご本人は、ぜひともウィンブルドンで試合をしてみたい、ほかには何もいらないと言うんですから。

マーゴは、コーヒーテーブルの切り抜きをかき集める。

マーゴ　けれどもその方、お気の毒なのよ。ひどい近眼で、ボールはおろか——ラケットの先もろくに見えないんですって。

マックス　（スクラップブックをめくりながら）一冊書けそうな話ですね。

マーゴ　あら、だったらふたりで合作なんていかが？　テニス界が舞台の探偵小説なんてどうかしら。

トニー　センターコートの殺人、なんてね——いかがですか、マックスさん。ぼくのためにひとつ、完全犯罪をご考案願えますか？

マックス　面白いですね。

トニー　探偵小説というのは、どのように書いていくものなんです？

マックス　まずは探偵のことは忘れて、犯罪に専念することです。犯罪の内容が肝心かなめなので。想像してみるんです——さあこれからあれを盗むぞ、あいつを殺すぞ、って。

トニー　なるほど。興味深いですな。
マックス　ぼくはいつも、犯人の立場に身を置いて自問します。「さて、次には何をやるんだ?」って。
マーゴ　本心から信じてらっしゃるの?　完全犯罪があり得るなんて。

間。

マックス　もちろん――紙の上でなら。手口を練るだけなら、そうそう誰にも遅れをとらないよ。けれども、実行できるかどうかは疑わしいね。
トニー　なぜです?
マックス　物語は作者の意のままに展開しますが、これが実生活となると――そんなにうまくは転がりませんので。（マーゴと目を見交わす。ふたりとも、かすかに微笑み合う）ぼくは人殺しなんて、ブリッジと同じくらいへぼでしょうよ。とんでもないポカをしでかしておいて、みんなの視線が集まるまで気づかない、だとかね。

トニーは笑い、マントルピースの上の置き時計に目をやる。

トニー　もうそろそろ、出たほうがよさそうですね。（カクテルを飲み干し、ソファの後ろを通ってホームバーのほうへ行く）
マックス　わかりました。（立ち上がる）

マーゴ　（マックスに）明日は何かご予定があって？
マックス　いいや、特には。
マーゴ　（トニーに）三人でウィンザーまでドライブして、お昼をご一緒しましょうよ。
トニー　そいつはいい。（マックスに）早い時間にいらしてください。でも、あまり早すぎるのもまずいですかね。きっとお互い、二日酔いを耐え忍んでいるでしょうから。
マックス　十一時ごろではどうです？
トニー　（マックスに）ちょうどいいですね。（玄関ホールへ向かいながら、マーゴに）そういえばぼくの鍵だが、きみに貸したんだっけ？　どこにも見当たらないんだ。
マーゴ　（立ち上がる）両方とも、わたしのハンドバッグに入れたかもしれないわ。ちょっと見てくるわね。

マーゴは寝室へ去る。マックスは自分のコートを取りに玄関ホールへ向かう。トニーはフランス窓へ近づき、錠を外して窓を開け、外を覗く。

トニー　ひどい雨だ。よかったらレインコートをお貸ししますよ。
マックス　（コートを下ろしながら）いえ、これで充分ですよ。遠くではないんですよね？
トニー　角を曲がってすぐですよ。

トニーはマックスに見られているかと、ちらりとそちらを窺う。しかしマックスはコートを着ている最中で、トニーに背を向けている。トニーはわざと窓を数インチほど開けたままにして、カーテンを閉める。マーゴが寝室からハンドバッグを持って出てくる。バッグを開け、ファスナー式の財布を取り出す。そこから鍵を一本出す。

マーゴ　一本しかなくってよ。あなたのコートのポケットではなくって？
トニー　そこはさっき見てみたんだ。きみのを貸しといてくれないか？
マーゴ　（鍵を手に持ったまま）それじゃあ、ちょっと困るわ。
トニー　（マーゴのほうを向く）なぜだい？
マーゴ　わたしも出かけるかもしれないもの。

間。

トニー　今夜？
マーゴ　ええ。映画か何かに行こうかと思って。
トニー　でも――ラジオを聴くんだろ？　〝土曜の夜の劇場〟を。
マーゴ　（ソファの右端へ腰を下ろす）今夜はスリラーなのよ。ひとりっきりのときに、スリラーなんていやだわ。
トニー　（何気なく）なるほどね。（玄関ホールの椅子へ近寄り、そこのレインコートを取り上げる）
マーゴ　心配なさらなくても、わたしが先に帰ってきてドアを開けてあげてよ。

トニー　（レインコートを着ながら）帰りは真夜中過ぎになるんだ。きみはもう寝てしまっているだろ。

（デスクへ近づき、レインコートのポケットから手袋を取り出してはめようとする）

マックス　（マーゴに）昔から言われているように、面倒ごとはマットの下へ押しこんでおけ、だよ——鍵もまたしかりだね。

トニーは片方の手袋から、デスクの上へ鍵を落とす。

トニー　（鍵を拾い上げて）やあ、こんなところにあったよ。手袋の中に入りこんでいたんだ。

マーゴ　よかった、ほっとしたわ。（自分の鍵を財布に戻し、財布をハンドバッグに入れる。バッグを閉め、ソファの後ろのテーブルの上にそれを置く）

トニー　なんの映画を観に行くんだい？

マーゴ　名作映画にしようと思って。

トニー　今からでも入れるのかい？　土曜の夜だよ。

マーゴ　行くだけは行ってみるわ。トニー、引き止めようとしても無駄よ。あなたも知ってるでしょ、何もしないでいるのは、わたし大嫌いだって。

トニー　何もしないで？　用事ならわんさとあるじゃないか。先週末の件で、ペギーへ手紙は書いたのかい？　それにこの切り抜きは？　片づけるちょうどいい機会じゃないか。

マーゴ　まあ、ずいぶんなおっしゃりようね！　あなたたちはパーティで面白おかしく過ごすのに、わたしはひとりでお留守番？　そのうえ、おとなしくお片づけをしていろだなんて。

トニーは突然、不機嫌な顔になる。

トニー　そうか、じゃあ結構だよ。ぼくたちも行かないよ。（レインコートを脱ぎながら、左へ移動する）

マーゴ　（驚いて）あなた、いったいどうなさったの？

トニー　だって、出かけてほしくないんだろ――だったらやめにするまでさ。今夜はここできみと過ごすよ。何をしようか――三人でトランプでも？（レインコートを玄関ホールの椅子に置く）

マーゴ　もう、トニー、あなたったら――（立ち上がり、コーヒーテーブルの前へ行く）

トニー　（電話のほうへ歩きながら）グレンドンホテルへ、断りの電話を入れておくとするよ。

電話へ向かって歩くトニーを、マーゴが止める。

マーゴ　トニー、お願い。子供じみたまねはよしてちょうだい。わかったわ、切り抜きのお片づけね。

トニー　（まだ不機嫌なまま）気が進まなけりゃ、無理にやる必要はないよ。

マーゴ　いいえ、わたしやりたいのよ。（新聞と切り抜きの束、スクラップブックをコーヒーテーブルから持ち上げる）糊《のり》はまだあったかしら？

トニー　デスクにあるはずだよ、たしか。

マーゴ　そう。（スクラップブックと新聞、切り抜きをデスクへ運ぶ）あとは鋏《はさみ》ね。お裁縫籠《さいほうかご》に入れてあるわ。（トニーが裁縫籠へ近づく。ふたを開け、マーゴのストッキングをめくって覗き、長い鋏を取り出す。マーゴはデスクの引出しから、ぺたんこになった糊のチューブを取り出す）まあ、見て――もう空っぽよ、これ。（うんざりした顔をして）いつだってこうなんだから。（マーゴが握っているチューブを、トニーはじっと見つめる）でも、いいわ。ルーカスさんに借りてくれば。

トニー　ルーカスさんって？

マーゴ　通り向かいにお住まいの奥さんよ。わたしあとで、ちょっと行ってくるわ。（トニーは、焦りを隠しきれなくなる。マーゴは鋏に手を伸ばす）ありがとう、あなた。

トニーは、マーゴへ鋏を渡す。

マックス　それだったら、手作りしたらどうですか？　小麦粉と洗濯糊でできますよ。

トニー　（喜んで）それはいい。作り方をご存じなんですか？

マックス　（キッチンへ向かう）なに、簡単なものですよ。（キッチンへ姿を消す）

トニー　助かりますよ！　（マーゴに）さっきはすまなかった。大人気《おとなげ》ないことを。

マーゴ　（トニーへ近寄って）もう気にしていないわ。それじゃあ、こうしましょ――わたしは今夜、あの切り抜きをスクラップブックに貼ってしまうから、あなたはキッチンに、例の棚をつけてちょうだい――約束通りにね。

トニー　明日、朝一番でやるよ。約束する。（マーゴに口づけをする）

マックス　（キッチンから大声で）洗濯糊はどこです？

マーゴ　今行きますわ。（マーゴはキッチンへ去る。開いたドアから話し声が聞こえてくる。トニーはソファの後ろのテーブルへ目をやる。キッチンのほうをすばやく一瞥し、マーゴのハンドバッグへ近寄ってそれを開ける。財布を取り出して開け、鍵を出してテーブルに置く。財布の口を閉めてハンドバッグへ戻し、バッグを閉め、元通りの位置にそれを置く。鍵を持っていって玄関を開ける。ドアを大きく開けはなしたまま、外の廊下をざっと見渡し、二階へ通じる階段を見上げる。それから階段の絨毯《じゅうたん》をめくり、鍵を下に隠す。そのときマーゴの笑い声が、キッチンからかすかに聞こえてくる。トニーはぎくりとして、慌てて引き返す。ちょうど室内へ戻ってきたとき、マーゴがキッチンからカップとスプーンを持って姿を現わす。あとに続いてマックスも出てくる。マーゴは居間に入ってきながら）ビシソワーズ・スープそっくりね——チャイブを散らせば完璧よ。

マックス　固くなってきたら、水を少し加えてしっかりとかき混ぜて。

　マーゴはデスクにカップを置き、新聞と切り抜きの整理を始める。トニーとマックスは玄関ホールに立つ。

トニー　暖炉の火は入れたままにしといてくれ。（レインコートを玄関ホールの椅子から取る）

マーゴ　ええ。

トニー　それと、バージェス店長から今夜電話が来るかもしれない。もし来たら、グレンドンホテルにいると伝えてくれないか。大事な用件だろうから。

マーゴ　電話番号は？

トニー　住所録に書いてあるよ。
マーゴ　わかったわ。ふたりとも、はめを外しすぎちゃ駄目よ。
マックス　そうするよ。おやすみ、マーゴ。
マーゴ　おやすみなさい。（トニーに）パーティが終わったら、マックスを車で送ってあげるんでしょ？
トニー　もちろん。その前に、うちで一杯やるけれども——きみはきっと寝てしまっているだろうね。
マーゴ　ぐっすり眠っているわ。起こさないでちょうだいね。
トニー　ネズミみたいに、こっそり入ってくるさ。（マーゴに口づけする）じゃあ、おやすみ。
マーゴ　おやすみなさい、あなた。
トニー　マックスさん、それじゃ行きましょう。

ふたりは玄関から出ていき、ドアを閉める。

マーゴはフロアスタンドのスイッチを入れ、ラジオをつける。それからシャンデリアとブラケット灯を消し、デスクで作業にとりかかる。諦めたような表情。新聞紙を一枚ひらき、鋏を手にとり、切りはじめる。音楽が大きくなってくる——

——幕——

【第二場】

前場と同じ。その夜遅く。マーゴは切り抜きの整理を終え、すでに姿を消している。スクラップブックはひらかれたままデスクの上に置いてあり、そのそばに新聞紙が何枚かと鋏。屑籠《くずかご》は新聞の切り屑であふれている。マーゴのハンドバッグは、まだソファの後ろのテーブルに置かれている。

幕が上がると、室内の明かりはあかあかと燃える炉火だけになっている。数秒後、玄関のドアが開くが、その幅はわずか二インチほど。何者かが聞き耳を立てている気配。

さらに数秒ののち、レズゲイトが入ってくる。微動だにせず戸口に立ち——聞き耳を立てる。レインコートを着てキッド革の手袋をはめているが、無帽。錠がひとりでに下りるカチャッという音のほかは、物音ひとつ立てずにドアを閉める。静かに歩きながら、マフラーを外して結び目をふたつ作る。

（注——このマフラーは端にフリンジがついている。のちの場面でマフラーであることを強調するため。さらにマーゴがストッキングと見間違えるように、タン色の絹製でなければならない）

レズゲイトはフランス窓へ近寄る。電話が鳴り、急いでカーテンの後ろへ隠れる。

ややあって寝室のドアの隙間が明るくなり、マーゴが寝室から出てくる。ドアを大きく開けはなち、明かりが居間の中へ流れこんでくる。マーゴは部屋着を身につけている。彼女は電話のほうへ行く。

デスクの奥へ回って、窓に背を向けて電話に出る。

マーゴ　もしもし――（数秒間耳をすまし、それからさらに大きな声で）もしもし。

マーゴは、カーテンの陰から出てくるレズゲイトに気づかない。レズゲイトは手袋をはめた手で、結び目をふたつ作った絹のマフラーの両端を握りしめている。マーゴは受話器を左手で持っているが、その手を下ろし、右手で耳に当てる部分を少し揺すってみる。その機をのがさずレズゲイトが、マーゴに襲いかかる。マフラーを彼女の首にかけ、ぐいと後ろに引っぱって首を絞める。ううっと呻《うめ》き声を上げて、マーゴは受話器をとり落とす。レズゲイトは身体が密着するほど引っぱるが、マーゴは両手でマフラーを摑んで引きはがそうとする。しばしもみ合ったのち、レズゲイトは左手でマフラーを彼女の首に巻きつける。と同時にマーゴが振り向き、首の後ろでマフラーが交差した状態でレズゲイトと向き合う。レズゲイトはマーゴをデスクの際《きわ》に追いつめる。マーゴの背中が徐々に反ってきて、ついにデスクの上に載ってしまう。マーゴの頭は舞台の前方。レズゲイトは必死にマフラーを引き絞ろうとし、ほとんどマーゴに覆いかぶさらんばかりになる。マーゴの右手がマフラーを放し、デスクの端あたりをさまよい、そこにあった鋏に触れる。マーゴはそれを摑み、片方の刃をレズゲイトに突き刺す。レズゲイトはマーゴの上に倒れこみ、それから非常にゆっくりと、デスクの左端から床に転がり落ちる。背中を下にして落ち、うっとひと声呻く。マーゴはデスクの上に仰向けになったまま、ぐったりとしている。その後、あえぎながらなんとか立ち上がる。首のマフラーをかなぐり捨てようとするが、肩に絡んでいて離れない。受話器を摑むものの、初めのうちは声が出せない。電話口からトニーの「もしもし」という鋭い声が聞こえてくる。

トニー　もしもし！
マーゴ　（ぜいぜいとあえぎながら）警察を――早く――警察を！
トニー　マーゴ――
マーゴ　誰？
トニー　ぼくだよ、マーゴ――
マーゴ　ああ、ああ――トニー、すぐ帰ってきて。
トニー　いったいどうしたんだ？
マーゴ　（パニックを起こして）説明なんてできないわ――早く帰ってきて！
トニー　（苛立って）落ち着くんだ――何があった？
マーゴ　（わずかに落ち着きを取り戻して）男が――襲ってきて――絞め殺されそうになって――
トニー　逃げたのか、そいつは？
マーゴ　いいえ――死んだわ――死んでるわ。（長い間）トニー――トニー。なんとか言ってちょうだい。

トニー　（冷ややかな声で）マーゴ。
マーゴ　なに？
トニー　いいか、よく聞くんだ。
マーゴ　ええ、聞いてるわ。
トニー　そのままにして、なんにも触るんじゃない。すぐに帰るから。
マーゴ　触るもんですか。
トニー　なんにも触らず、誰にも言うんじゃない――ぼくが帰るまでは。
マーゴ　わかったわ。触らないから。
トニー　絶対にだよ。
マーゴ　（またパニックを起こして、怒りながら）わかったから――とにかく早く帰ってきて！

マーゴは受話器を戻し、恐怖にむせび泣く。ふらつきながら窓へ近づき、開けて外へ出る。数秒後に戻ってくるが、マフラーを外に落としてくる。窓は開けたままにされる。デスクまで来て死体を見、反射的に玄関のドアへ駆けよるが、足を止めてホールの椅子にくずれ落ち、すすり泣く。それから寝室へ去り、ドアの鍵をかける。数秒の間ののち、教会の鐘が時を告げる。またも短い間。街路に面した表のドアが開く音。フラットの外の廊下を走る足音。続いて鍵の回る音が響いて、玄関のドアが開く。トニーは、壁のブラケット灯だけをつける。状況を呑みこんで、死体を見つめ、ハンドバッグに目をやってからまた死体へ視線を転じる。ドアから鍵を抜き、レインコートのポケットにしまう。ドアを静かに閉め、フロアスタンドをつける。レズゲイトのところへ戻り、死因を調べようと死体を検《あらた》める。死体を横向けにしたとき、背中に突き刺さった鋏を目にする。手に血がつかなかったかを確かめ、寝室のドアをちらりと見る。レズゲイトのポケットを探るが、鍵は見つからない。寝室のドアの鍵が開く音。トニーは立ち上がる。マーゴが走ってきて、彼の腕に飛びこむ。

マーゴ　ああ、トニー、トニー、トニー――

トニー　大丈夫――大丈夫だ。何があったんだ?

マーゴはおびえた子供のように、トニーにしがみつく。トニーは彼女の喉元を見ようと、顎を軽く持ち上げる。

マーゴ　何かで首を絞められて――ストッキングのような。

トニー　そうなのか? ちょっと見せて。(マーゴの喉元にそっと触れると、彼女はびくりと顔をそむける)医者を呼ばなくっちゃな。

マーゴ　(その言葉に驚いて)でも、もう死んでるのよ。

トニー　(死体を一瞥して)わかってる。倒れたとき、鋏が深く刺さったんだ。

マーゴ　(顔をそむけて)ああ、なんてこと。ねえ、トニー――

トニー　ああ、わかってる――ちょっと待って。(足早に寝室へ姿を消す。マーゴは頭に片手を当て、室内を見回す。ソファの後ろのテーブルにハンドバッグがあるのを見つけ、それを開けて中を探る。トニーが寝室から、毛布を手にして出てくる。マーゴの行動を見てぎくりと足を止め、彼女を見つめる）何をしているんだ？

マーゴ　（アスピリンの瓶を取り出して）水を持ってきてくださらない？

マーゴはハンドバッグをテーブルへ落とす。トニーはホームバーでグラスに水を入れ、マーゴへ手渡す。彼女はアスピリンを口に入れ、水で服《の》みくだす。トニーは毛布を、レズゲイトの死体の上に放る。

トニー　（静かに）こうしておいたほうが、いくらかましだ。（死体を覆い隠す）

マーゴ　あなた、窓を閉めてちょうだい。

トニー　いや——警察が来るまでは、触るべきじゃない。（開けたままの窓を見て）ここを押し破ったんだな。（室内を見回す）狙いはなんだったんだ？（本棚に目を止める）あのトロフィーかもしれないな。

マーゴ　警察はいつ来るの？

トニー　（驚いて）もう呼んだのか？

マーゴ　いいえ。あなたが、誰にも言うなとおっしゃるから。早く呼んだほうがいいんじゃない？

トニー　（間）ああ、すぐ呼ぶよ。

マーゴ　（寝室へ向かい）着替えるわ。

トニー　どうして？

マーゴ　だって、警察が来るんですもの。
トニー　きみは出なくてもかまわないよ。
マーゴ　だけど、わたしの話を聞きたいって言われるわ。
トニー　明日まで待ってもらうさ。警察には、ぼくが全部話しておくから。

トニーは喋りながら、デスクの上を目で探す。マーゴは寝室のドアへ近づくが、入る前に振り返る。

マーゴ　トニー。
トニー　なんだい？
マーゴ　さっきの電話って、なんの用事だったの？

トニーは、たっぷり三秒はマーゴを見つめ返してからようやく答える。

トニー　うん？　ああ——すまない、あとで話すよ。ちょっと考えごとをしていた。きみはさっき、犯人はストッキングを使ったと言ったね。
マーゴ　ストッキングじゃないかと思ったの——ひょっとしたら、マフラーかもしれないけれど。そのへんになかった？
トニー　（あたりを見回す）いや、ないな。だけど警察が見つけるはずだよ。さあ、もう寝《やす》んだほうがいい。ぼくは警察に電話するから。

トニーはマーゴへ近寄り、そっと肩に手をかけて、寝室の中へ押しやる。ドアを閉めるとすばやくレズゲイトへ近づき、鍵を探して、レインコートのポケットの中にあるのを見つける。ほっとしてため息をもらす。ソファの後ろのテーブルへ行き、鍵をそっと財布に戻してハンドバッグを閉める。ふたたび安堵のため息をつく。死体のほうへとって返し、毛布で覆い隠す。それから電話へ近寄ってダイヤルする。マーゴが寝室から出てくる。

マーゴ　マックスはどうしたの?

トニー　帰るように言ったよ。もしもし、交換手ですか――緊急です、メイダ・ヴェイル警察署を――

マーゴ　マックスに話したの?

トニー　いいや。状況が摑めなかったから、具合が悪くなったと言ってきた。さあ、マーゴ――もう寝るんだ。

マーゴは寝室へ戻り、ドアを閉める。

警察　(舞台裏、電話口から) はい、メイダ・ヴェイル警察署ですが。

トニー　警察ですか?　実は、大変なことが起きまして。

警察　どのような？
トニー　男が死にました。
警察　失礼ですが、あなたのお名前は？
トニー　ウェンディスです。
警察　（綴りを言う）D、I、S、Sですか――？
トニー　いいえ、D、I、C、Eです。
警察　ご住所は？
トニー　チャリントン街六一A、一階のフラットです。
警察　いつごろのことですか？
トニー　十分ほど前です。うちに押し入ってきて、妻が襲われて――
警察　物盗りですか？
トニー　（じれったそうに）そうです。ここに来てもらってから、全部説明しますので。どのくらいかかりますか？
警察　二分ほどで伺います。
トニー　二分ですね。
警察　現場には手を触れないで。いいですね。
トニー　ええ、触れませんよ。それではよろしく。

トニーは電話を切ると、室内をひとしきり見回す。やがて開けたままの窓から出て、かがみこんで何かを拾い上げる。室内へ戻る。ふたつの結び目のある、レズゲイトのマフラーの両端を持っている。考えにふけりながら裁縫籠へ近づき、中を探ってストッキングを見つける。マフラーとストッキングをかかげて見比べる。ストッキングをスツールへ落とし、マフラーをポケットに隠す。それからレズゲイトのそばに膝をつき、自分の札入れを取り出す。

マーゴ （舞台裏から鋭く）トニー！

トニー （大声で返事をする）大丈夫だよ、マーゴ。すぐ来るそうだ。（ハンカチを使って札入れからマックスの手紙を取り出し、レズゲイトのポケットに入れる――）

――幕――

【第三場】

前場と同じ。日曜の昼近く。午前十一時ごろ。
カーテンが開けられ、外の明るい陽《ひ》が差しこんでいる。屑籠《くずかご》は空《から》になっている。レズゲイトの死体はすでに運び出されているが、毛布はふたつ折りにされ、血の染みを隠すために置いてある。
炉火は消え、昨夜からそのままになっている。朝食後の汚れた皿やトレイがコーヒーテーブルに載っている。マーゴはまだ、ひどく神経質になっている。幕が上がると、彼女が舞台の真ん中に立っている。

マーゴ　コーヒーのお代わりは？
トニー　（舞台裏から）いや、いいよ。（ネクタイを締めながら、寝室から登場。暖炉の前へ行く）
マーゴ　マックスを呼んだほうがいいんじゃないかしら――（静かに）――事情を話しておいたほうが。
トニー　もう呼んだよ。こっちへ向かっているところだ。
マーゴ　（なんとか元気を出そうとして）ゆうべのパーティはどうだったかしらね？
トニー　気に入ったと思うよ。実に面白いスピーチをしてくれた。ただ、こっちのことをライミー

（英国人を指す俗語）呼ばわりするのはいただけなかったがね。（笑う）いや、なかなか気の利いた人物だよ——どこで知り合ったんだい？

間。

マーゴ　その——一度ペギーのところでお会いして——ニューヨークへ帰られる前に、もう一度お会いしたの。

トニー　（軽く）ああ、そうだった——そう言っていたね、きみ。

間。

マーゴ　（同時に）ねえあなた、ゆうべはどうして——
トニー　（同時に）そうだ——

トニー　すまない。

マーゴ　いいえ。なに？

トニー　なんでもないよ。寝室の鎧戸を閉めておいたと言おうとしただけさ。

マーゴ　（不安そうに）なぜそんなことを？

トニー　そろそろみんな、日曜紙を買いに出ているはずだ。お上品の皮をかぶった詮索《せんさく》好きが、ぞろぞろ押し寄せてくるだろう。
マーゴ　いやだ！　もう新聞に載ってるってこと？
トニー　いいや、それはないだろう――今のところは。けれども、噂ってのはあっという間に広まるからね。（間）きみのほうは、なんて言おうとしたんだ？
マーゴ　ええと――思い出せないわ――ど忘れしちゃって。

電話が鳴る。マーゴは神経質にびくりとする。トニーが電話に出る。

トニー　もしもし。
記者　（舞台裏、電話口から）ウェンディス夫人をお願いします。
トニー　ぼくは夫ですが、何か。
記者　あ、どうもおはようございます。〈C&S通信社〉の者ですが。数分でかまいませんので、奥さまに会ってお話を。
トニー　あいにくですが、今は人と会える状態ではありませんので――一日二日は無理ですよ。
記者　おや、どこかお怪我でも？
トニー　いいえ、そうではないんですが。
記者　写真を一、二枚撮るだけでいいんですがね。
トニー　申し訳ないが――
記者　いやいや、そこをなんとか――

トニー　(突然苛立って) あのねえ、こっちの身にもなってみてくださいよ――それじゃあ、どうも失礼。(電話を切る)
マーゴ　どなただったの?
トニー　なんでもないよ、新聞記者さ――きみの写真を撮りたいんだそうだ。
マーゴ　きっと、これからたくさん来るんでしょうね。
トニー　一時的なものだよ。検死審問が終われば、みんなけろりと忘れるさ――きみだってね。
マーゴ　それ、いつになるの?
トニー　検死審問がかい?　明日か火曜日だろうね――おそらく。
マーゴ　(不安そうに) どういうことをするの?
トニー　心配いらないよ。検死官はきっと、よくやったと褒《ほ》めてくれるさ。
マーゴ　人を死なせたことを?
トニー　マーゴ、そんなふうに考えるものじゃない。あの男が死ななければ、きみのほうが死んでいたんだ。警察医も言ってたじゃないか、鋏がデスクの上にあったのは不幸中の幸いだったって。
マーゴ　あのお医者さまに、もう会わずにすめばいいんだけれど。
トニー　まあ、丁重な態度とは言いがたかったね。
マーゴ　警察はどうして、ゆうべあんなに長いこといたのかしら。
トニー　そうだったかい?　気づかなかったよ。どうやらすぐに寝入ってしまったようだ。
マーゴ　あなたはそうだったわよね。ずいぶん長いあいだ、ここにいたのよ。ひと晩中パトカーの行き交う音がして。

トニー　部長刑事にだけは会ったよ。なかなかの好人物だ。あの男がちゃんと仕切ってくれていたさ。
マーゴ　家具をみんな、引っくり返されてしまうかと思ったわ。
トニー　（室内を見回して）それほどは散らかされていないよ。屑籠まで空にしていってくれた。わりと気が利くじゃないか。
マーゴ　寝室のドアの隙間から、何度も強い光が見えて。
トニー　写真を撮っていただけだろ。
マーゴ　午前二時ごろ、わたしもう我慢できなくなって。ベッドを出て、ここへ来たの。
トニー　（驚いて）ここへ来たって？　なんのために？
マーゴ　いつごろ終わるのか、尋ねてみようと思って。けれども、あの人たちを見たら——何も言えなくなったわ。ふたりのお巡りさんが、巻尺《まきじゃく》を手にして床にひざまずいていて。別のお巡りさんは、外から窓を繰り返し開けたり閉めたりして。わたしが来るとみんな動きを止めて、いっせいにこちらを見たわ。わたし、自分がばかみたいに思えて。（ゆっくりと）デスクの上に——靴がそろえてあったわ。あの男のものよね、きっと。（頭に手を当てて）怖いわ、わたし！

トニーが、あることを思い出す。

トニー　マーゴ。忘れないうちに言っておくけど、部長刑事に訊かれたよ。なぜきみはすぐに、警察に通報しなかったんだろうって。
マーゴ　（面食らって）だって、そんなことどうしてできて？　あなたと電話で話していたのに。

トニー　わかっているよ、でも――
マーゴ　（興奮して）あなた、たしかにおっしゃったわよね――帰るまで誰にも話すんじゃないって。
トニー　ああ、その通りだ。けれども、少し違う話にしておいたんだ。
マーゴ　え？
トニー　（ゆっくりと）ぼくがホテルからかけると思ったから、自分では通報しなかった――そう言っておいたんだ。

間。

マーゴ　どうしてそんなことを？
トニー　それは――そのほうが筋が通っているからさ。部長刑事も納得してたよ。ほら、たとえ数分とはいえ、知らせるのをわざと遅らせたとでも思いこまれたら、いろいろとうるさいだろうからね。あれやこれやと、質問攻めにされるかもしれない――
マーゴ　だから、口裏を合わせろってこと？
トニー　まあね。（玄関のブザーが鳴る）万が一、きみも同じことを訊かれたらさ。たぶんマックスさんが来たんだろ。きみが出迎えてくれよ、ぼくはこのへんを片づけるから。

トニーは皿を載せたトレイを持って、キッチンへ去る。マーゴが玄関へ行ってドアを開ける。ハバード警部が、外の廊下に立っている。

ハバード　（帽子を取りながら）おはようございます。
マーゴ　どうも。
ハバード　ウェンディス夫人ですかな？
マーゴ　はい。
ハバード　警察の者です。（間）お邪魔しても？
マーゴ　ええ、どうぞ。（不安そうに）すみません、主人に伝えてまいります。
ハバード　お願いします。

マーゴはキッチンへ姿を消す。ハバードはあたりを見回し、帽子をかけるところを探す。ドアのそばにコート掛けを見つけ、そこへかける。居間へ歩を進め、室内を見渡して状況を確認する。毛布から窓、デスクの電話、寝室のドアへ視線を移し、さらに室内を見回して、裁縫籠《さいほうかご》に目を留める。トニーとマーゴが出てくる。

トニー　どうも、ご苦労さまです。
ハバード　おはようございます、ウェンディスさん。この地区の犯罪捜査を担当しております、ハバード警部です。
トニー　話せることは、すべておたくの部長刑事さんに話しましたが。
ハバード　ええ、むろん報告は上がってきております。ですが二、三、わたしのほうで確認をと思いましてな。奥さんは部長刑事とは、あいさつを交わした程度でしょう。（突然、マーゴのほうを向いて）そうですな、奥さん？

マーゴ　あの——わたし——

トニー　家内はかなり、ショックを受けていたもので。

ハバード　（同情を寄せるように）ええ、そうでしょうとも。災難でしたな。（寝室のドアのほうを向いて）ひと回り見せていただいても？

トニー　ええ、かまいませんよ。寝室と浴室はこの先です。

トニーはハバードに付き添って寝室へ入る。マーゴもあとを追おうとするが、二の足を踏む。床に置かれた毛布に目をやり、しばしそれを見つめる。ソファの後ろのテーブルの煙草入れへ近寄り、開けて煙草を一本出す。それをしばしもてあそぶものの、元通りに煙草入れの中に戻す。ハバードとトニーが寝室から姿を現わす。

ハバード　浴室から侵入されたのでないことは確かですな。

トニー　キッチンの窓には格子がはまっていますよ。（キッチンへ通じるドアを開ける。ハバードはしばし中を覗きこみ、居間へ戻ってくる）あそこのフランス窓から入られたに違いありません。

ハバード　ふうむ。事件当時、ご主人は不在だったそうですな。

トニー　ええ。グレンドンホテルのディナーパーティに出かけていたもので。

ハバード　この近所の？

トニー　はい。たまたまぼくと電話している最中に襲われたんですよ。
ハバード　そうでしたな。正確な時間はおわかりですか？
トニー　え――いや、残念ながら。
ハバード　あなたはどうです――奥さん？
マーゴ　わかりませんわ。
ハバード　ご主人が警察に通報されたのは、十時五十七分のことです。
トニー　ええと――そうするとぼくとの電話は、十時四十五分ごろだったはずです。おかけになりませんか、警部さん？（ハバードへソファを勧める。トニー自身はスツールをソファのそばへ持ってきて、それに腰を下ろす。マーゴとハバードはソファに座る。ハバードの位置は、マーゴとトニーのあいだ）
ハバード　どうも。
マーゴ　その――あの男がどこの誰なのか、おわかりになりましたの。
ハバード　まあ、住まいがどこかは突き止めましたが。本名のほうは、いささか厄介でしてな。
マーゴ　え？
ハバード　つまり、名前をいくつも使っていたわけです。（ふいにマーゴを見すえて）以前あの男に会われたことは？
マーゴ　（うろたえて）そんな――ありませんわ。（ハバードが手帳を取り出し、異なるサイズのスナップ写真を二枚出して、一枚ずつマーゴへ手渡す。マーゴが写真へ視線を落とし、また返してよこすあいだ、ハバードはじっと彼女に目を注ぐ）あの、これが――あの男ですの？
ハバード　そうです。見憶えは？

マーゴ　ありません――初めて見ます。
ハバード　顔は少しも見えなかったと、そうおっしゃるのですか？
マーゴ　見ていません。後ろから襲われましたし、暗かったので。見えませんでした。
ハバード　（愛想よく）しかし写真をお見せする前、あの男には会ったことがないとおっしゃった。
（間。じっとマーゴの顔を見る）なぜそれがおわかりになったのですかな――ゆうべまったく、顔を見なかったとおっしゃるなら。

間。

マーゴ　あの、それはいったい――
トニー　（口を挟んで）警部さん。家内は会ったことのない男だと思ったから、そう言っただけですよ。
ハバード　（マーゴに）そうなのですか？
マーゴ　（そわそわして）ええ――すみません。
ハバード　ご主人はいかがです？　この男に見憶えは？

ハバードはトニーへ写真の一枚を渡す。トニーはそれを見てから、ハバードへ返す。

トニー　ないですね。（ハバードはもう一枚を手渡す。トニーはまた見て）やはり――（写真を返そうとして）いや、待てよ――（もう一度見る）

ハバード　どうされました？
トニー　（驚いた様子で）大学の知り合いによく似てるんです――口ひげのせいで、だいぶ印象が違いますが。
ハバード　そのお知り合いの名前は？
トニー　そう言われても――大学を出てから二十年近くになりますので。
ハバード　レズゲイトでは？
トニー　いいえ。
ハバード　ウィルソン？
トニー　違います。
ハバード　では、スワンでは？
トニー　いいえ――いや、スワン？　待ってください、スワン――そうそう、そうです。（ソファの後ろへ行き、壁から一枚の写真を下ろしてハバードのところへ持ってくる）親睦会の写真です、大学同窓の。ほら、これがそうです――まさか、なんてことだ！
ハバード　親しくされていたのですか？
トニー　いいえ。向こうは上級生でしたので。
ハバード　それ以来会われたことは？
トニー　ありません。ないはずです――いや、そういえば一度見かけました。最近のことです。（間）けれども、言葉は交わしていません。
ハバード　いつのことです？

トニー　六ヵ月ほど前です。鉄道の駅で――ウォータールー駅です、たしか。ほとんど変わっていませんでした。
ハバード　そのとき、口ひげは？
トニー　（しばし考えこむ様子。さきほどの写真をハバードへ返す）ありませんでした。

ハバードは今の話を手帳に書きとめる。それからマーゴへ向き直る。

ハバード　（立ち上がる）奥さん。ゆうべ何が起こったのか、一から順にお教え願えませんかな。
マーゴ　トニー、わたしがしなくちゃならないの。
トニー　しかたがないよ。

トニーが手を貸して、マーゴを立たせる。マーゴは説明しながら寝室へ向かい、ソファの後ろを通って舞台中央へ行き、さらに電話へ近づく。

マーゴ　ベッドの中にいると、電話が鳴りました。起き上がって、ここの居間へ来ました。
ハバード　電灯は？
マーゴ　つけませんでした。
ハバード　それで、どこで立ち止まられたのですか？

マーゴは昨夜の通りに、デスクのところで半ば窓を背にして足を止める。

マーゴ　ここで立ち止まって、電話をとりました。
ハバード　そんなふうに、窓に背中を向けて？
マーゴ　そうですわ。
ハバード　なぜですか？
マーゴ　（当惑して）なぜって、どういうことですの。

ハバードはデスクの左手に、窓のほうを向いて立つ。

ハバード　なぜ、わざわざデスクを回られたのです？　こちらからでも電話はとれるでしょう。

ハバードは右手で受話器を上げ、また戻す。

トニー　警部さん、家内はおそらく記憶が――
ハバード　恐れ入りますが、ご主人はご遠慮願えますか。
マーゴ　でもわたしはいつも、こちらからとっていますもの。
ハバード　なぜです？
マーゴ　メモをとれるように、受話器は左で持つんです。（左手を受話器の上に置いてみせる）

ハバード　なるほど、わかりました——それで？
マーゴ　電話をとりましたら、カーテンの陰から——だとしか思えないんですけれど、あの男が襲ってきて。わたしの首を何かで絞めて——
ハバード　「何か」ですか？　あなたはなんだと思われました？
マーゴ　ストッキングだったと思います。
ハバード　ふうむ。それで？
マーゴ　デスクの上に押さえこまれて。そのとき鋏が、わたしの手に触れて。
ハバード　その鋏は、ふだんどこに置いているのです？
マーゴ　あそこのお裁縫籠ですわ。片づけるのを忘れましたの。
ハバード　男がカーテンの陰から出てきた——そうとしか思えないとおっしゃったが、それはどうしてです？
マーゴ　だって、ほかにどこに身を隠せまして？
ハバード　カーテンは閉まっていたのですな。
マーゴ　ええ。
ハバード　ご自分で閉められたのですか？
トニー　（少しうんざりしたように）ぼくが閉めたんですよ——家を出る前にね。
ハバード　そのとき、窓の錠は下ろしましたか？
トニー　ええ。
ハバード　間違いなく？

トニー　間違いないですよ。カーテンを閉める前に、錠を下ろすのが習慣になっていますから。
ハバード　では、どんな手口で侵入されたとお考えですか？
トニー　窓を破られたと思っていましたが。
ハバード　そんな形跡はどこにもないのですよ。錠も無傷でした。
トニー　しかし、それしか考えられませんよ。ぼくが帰ってきたとき、あの窓は大きく開いていたんですから――マーゴ、ゆうべ庭へ出て、錠をかけ忘れたなんてことはないんだろ？
マーゴ　少しのあいだ外へ出たわ。あの男に――襲われたあとよ。息苦しくてたまらなくなって。窓を押し開けて、テラスへ出たの。
ハバード　助けは呼ばなかったのですかな？
マーゴ　その直前に、主人に電話で伝えましたから。
ハバード　窓を押し開けたとのことですが、そのときに錠を外したということは？　それはないと言いきれますか？
マーゴ　ありません。言いきれますわ。
ハバード　では初めから、窓の施錠はなされていなかったと。
マーゴ　わたし――わたし、よく憶えていません。

間。

ハバード　奥さん。なぜすぐに、警察に通報しなかったのですか？

トニーがマーゴに目くばせする。マーゴは少しのあいだ、そちらを窺う。

マーゴ　（トニーに言われたことを思い出しながら）通報しようとしました。受話器を手にとって——そこで、電話の相手が主人だとわかったんです。（間）ですから当然、主人が知らせてくれるものとばかり——うちへ帰ってくる前に、ホテルから電話をかけて。

間。トニーは安堵した様子。

ハバード　（静かに）医者を呼ぼうとは？
マーゴ　思いませんでした。
ハバード　なぜですか？
マーゴ　だって、もう——手遅れで。
ハバード　（静かに）どうしてそれがわかったのです？
マーゴ　わかりますわ、そのくらいは。
ハバード　脈をとってみたのですか？
マーゴ　まさか、そんなことできません。誰が見ても、手遅れなのははっきりしていました。あの、かっとひらいた目を見れば——
ハバード　（咎《とが》めるように）ということは、やはり顔を見ていたわけですな。

マーゴ　（自制心を失って）目を見ただけです。顔なんて憶えてません。

トニー　家内が犯人と面識がないのは間違いないですよ。あそこの窓から入られたのでなければ、どこから入ったとおっしゃるんです？

ハバードは玄関へ向かう。

ハバード　（ゆっくりと）実を申せば、われわれは確信しているのですよ――男はこのドアから、家の中に入ったのだと。（玄関のドアを数インチ開け、カチャッと錠の下りる音を響かせてまた閉める。それからトニーを見やる）

マーゴ　（静かに）でも、錠が下りていましたわ。

トニー　マーゴ、ぼくたちが出かけたあとにドアを開けたかい――それで、閉め忘れたなんてことは？

マーゴ　ないわ。

ハバード　ここのドアの鍵は、全部で何本あるのですか？

マーゴ　二本だけです。わたしのはハンドバッグに入ってますし――（トニーに）あなたのは、ご自分で持っているわよね。

トニー　ああ。

ハバード　管理人はどうです？　合鍵は？

マーゴ　持っていません。

ハバード　（マーゴに）掃除婦は雇っておいでで？
マーゴ　ええ、でも鍵は持たせていません。わたしがいるときにだけ来させていますから。
トニー　そこから入ったと、どうしてお考えなんですか？
ハバード　（端的に）靴ですよ。
トニー　靴ですって？

ハバードは窓へ近づく。

ハバード　ゆうべは地面が濡れてぐしゃぐしゃでした。庭を通って入ったのなら、カーペットのあちこちに泥の跡が残っているはずです。（間）それがひとつもないのは、玄関マットで靴を拭ったからですよ。
トニー　どうしてそう言いきれるんです？
ハバード　新品に近いマットでしたから。毛が抜けて、靴底に貼りついていました。
トニー　しかし、どう考えても――
ハバード　道路舗装のタールが、マットに少しこびりついていました。それから靴底の毛です。疑問の余地はありません。
トニー　（唐突に）待ってください、わかったような気がします。（マーゴに）いつだったか、きみのバッグが盗まれたことがあっただろ。
マーゴ　ええ。

トニー　鍵が入ってたんじゃないのか？
マーゴ　入っていたけれど、ちゃんと戻ってきたわ――バッグに入ったまま。
ハバード　（興味を示して）失礼、そのお話はぜひとも詳しく伺いたいですな。どのようなバッグだったのです？
トニー　ハンドバッグですよ。ヴィクトリア駅で、家内がなくしたんです。
マーゴ　二週間経って、遺失物取扱所から戻ってきました。
ハバード　なくなった物は？
マーゴ　お金がなくなっていました。
ハバード　ほかには？

マーゴは続ける言葉に迷う。

マーゴ　ほかには何も。
ハバード　（何気なく）メモ書きだとか――手紙だとかは？
マーゴ　入れていませんでした。
ハバード　（突然、力をこめて）確かでしょうな。
マーゴ　（決然と）ええ。
ハバード　玄関の鍵は、なくしたときにハンドバッグに入れてあった。
マーゴ　ええ、でも戻ってきたとき、ちゃんとバッグに入っていましたわ。

トニー　金を盗んだやつが、合鍵を作ったのかもしれないよ。

ハバード　バッグはどこで見つかったのです？

マーゴ　ヴィクトリア駅ですわ。

トニー　見つかるまでだいぶ日数がかかったんだ。そのあいだに合鍵を作って、元の鍵をバッグへ戻しておくこともできるよ。

ハバード　その前に、ひとつよろしいですかな――そもそもこちらの建物には、どうやって入ったのでしょうな。

トニー　あそこの出入口は、いつも施錠されませんから。

ハバード　なるほど。男はおたくの合鍵を作った。そしてそれを使って、玄関のドアを開けた――うなずける説ですが、残念ながらあり得ませんな。

トニー　なぜです？

ハバード　そうしたのなら、死体が鍵を身につけていたはずだからですよ。ポケットをくまなく探しましたが、鍵は出てきませんでした。

間。

トニー　そうですか。では――ふりだしに戻ったわけですね。

ハバード　いや、そうとも言えませんよ。（間）ご主人はさきほど、ウォータールー駅で男を見たとおっしゃった。

トニー　ええ。
ハバード　もしやそれは――ヴィクトリア駅だったのでは？

トニーはしばし、考えこむ様子を見せる。

トニー　そうだったかもしれません。（興奮した面持ちで、マーゴに）そうだ、きみのバッグが盗まれたのはいつだった？　週末にペギーの家へ行ったときじゃなかったか？　間違いない、ヴィクトリア駅だ。思い出したよ。あそこの食堂で、あの男を見たんだ。
ハバード　（マーゴに）ハンドバッグをなくされたのは、その食堂ですか？
トニー　そうです。（マーゴに）あの食堂だよ、一緒に入った――きみに言わなかったかい、大学の知り合いがいたって。
マーゴ　憶えていないわ。

ハバードがマーゴへ視線を注ぐのを、トニーはちらりと窺う。

ハバード　もしかしたら男は、ハンドバッグの件に関係しているかもしれません。これは記録をとっておくべきですな。検死審問の前に、おふたりの調書をとらせていただきたい。（間）うちの署はここから二、三分です。今からお越し願えませんか？

玄関のブザーが鳴る。

トニー　ちょっと失礼。

トニーが玄関のドアを開けると、マックスが入ってくる。

マックス　どうも、トニーさん。（マーゴへ近づき、ハバードの存在に気づく）マーゴ――

トニー　マックスさん、こちらはハバード警部です。警部さん、こちらはハリデイさん。ゆうべぼくと一緒だったんです。

マックス　どうも、初めまして。（まごつく）

ハバード　ハリデイさん、ゆうべこちらのご主人と一緒におられたのなら、ぜひともご助力をお願いしたい。ご主人が電話をかけに行ったのは、何時ごろだったか憶えておいでですか？

マックスはしばし考えこむ。

マックス　そうですね――十時四十分ごろです。

ハバード　（メモをとる）なぜそれがおわかりに？

マックス　ええと、ウェンディスさんが席を立たれたので、もう帰るのかと思いまして。それで時計を見たんです。

ハバード　そうですか。実を申しますと、奥さんが襲われたのはご主人の電話に出ようとして、こちらの部屋へ来られたときでしてな。
マックス　すると――（トニーに）あのときは、マーゴへ電話を――？
トニー　ええ。
マックス　しかしあのとき、もうここを出るのかと訊いたら、こうおっしゃったじゃないですか――店長へ電話をかけてくるだけだと。
マーゴ　（ふいにトニーへ向き直って）トニー、思い出したわ。あなたに訊きたいことがあったの。ゆうべの電話って、なんの用事だったの？

全員がトニーへ目を注ぐ。

ハバード　（トニーへ近づき）ああ、少々お待ちを。ひとつひとつ片づけていきましょう。十時四十分、あなたは店長へ電話をかけにパーティの席を立った。そうですな？
トニー　ええ。ロビーの公衆電話を使いました。
ハバード　奥さんへ電話される前、どれくらいのあいだ話されていたのですか？
トニー　（堂々と）それがけっきょく、店長とは話さずじまいでして。店長のところの電話番号を失念したものですから、家内へ電話をかけて、デスクの上の住所録を見るように言おうとしたんです。
マーゴ　じゃあそれだけのために、わたしをたたき起こしたの？
トニー　しかたがないだろ。（ハバードに）店長は今朝ブリュッセルへ飛ぶことになっていたんですが、その前にどうしても念押ししておきたいことがあって。重要な用件だったんです。

ハバード　ホテルに電話帳はなかったですかな？

トニー　（落ち着きはらって）ありましたが、店長は帰宅していましたので――自宅の番号は、電話帳に載せていないんですよ。

ハバード　ということは、電話はけっきょくなさらなかった。

トニー　ええ。家内の声を聞いたとたん、何もかも吹っ飛んでしまいまして。

ハバード　まあ、ごもっともなことですな。（マックスに）ハリデイさん、ご夫妻には調書作成のため、これから署へおいで願うのですが。（手帳を取り出す）お住まいを聞いておいてよろしいですか？あとで伺うこともあるかもしれません。

トニーは玄関から出ていく。

マックス　いいですよ。

マーゴ　わたし、コートを取ってきますわ。（寝室へ去る）

マックス　ぼくは今、カーファックスホテルに滞在中なのですが――

ハバード　（マックスへ手帳と鉛筆を手渡し）では、そこの所番地をお願いします。それから電話番号も。（マックスが書くのを眺めつつ）ロンドンには、以前にもおいでに？

マックスは、かまをかけられていることに気づかない。

マックス　（書きながら）ええ、一年ほど前に。
ハバード　ほう。

マックスは手帳をハバードへ返す。ハバードは書かれた所番地を一瞥し、手帳をポケットへ戻す。トニーが玄関から入ってくる。

トニー　警部さん、外はやじ馬でいっぱいですよ。追い払ってもらえませんか？
ハバード　追い払ったところで、すぐまた戻ってきますよ。庭から出ましょうと言うつもりだったのですが。庭の奥に門がありませんでしたかな？
トニー　あることはありますが、まだ錠が下りているかもしれません。見てきましょう。

トニーは窓の錠を開け、庭へ出ていく。その姿が消えるのを見はからって、ハバードはマックスへ向き直る。

ハバード　（声を落として）ウェンディス氏は、どこまでご存じなのですかな——あなたと夫人のことを。
マックス　（驚いて）なんのお話です？
ハバード　あなた、夫人に手紙を書かれていますな。ニューヨークから。（マックスはただ、ハバードを見すえている）死んだ男の内ポケットから発見されました。ウェンディス氏がどれほどご承知かわからなかったもので、さきほどは触れませんでしたが。なぜ男のポケットに入っていたか、お心当たりは？

マックス　ありません。

マーゴが寝室から出てくる。コートを着て、ハンドバッグを持っている。

マーゴ　トニーはどこ？

マックス　庭へ出ていったよ。

ハバード　奥さん。あなたがハンドバッグをなくされたとき、手紙も一緒になくされませんでしたかな。

マーゴはちらりとマックスを見る。

マーゴ　いいえ。

マックス　マーゴ、例の男のポケットから手紙が見つかったそうだ。

ハバード　なくしたのですな――やはり。

間。

マーゴ　ええ、なくしました。
ハバード　さきほどもお尋ねしたはずですが。
マーゴ　ええ――けれど――主人は何も知りませんから。
ハバード　男に脅されていたのですな。

返事はない。

マックス　もう無理だよ、マーゴ。こうなっては、トニーにだって隠しとおせないさ。

マックスは札入れを取り出す。マーゴはおびえて、マックスを見すえる。

マーゴ　よして！
マックス　もう、こうするしか手はないよ。警部さん、ぼくからの手紙が行方不明になったあと、このような脅迫状が届いたんです。

マックスは二通の脅迫状をハバードへ手渡す。ハバードはそれらにざっと目を通す。

ハバード　（消印を一瞥して）今年の二月ですか。あの男には何度会われたのですかな？

マーゴ　（気色ばんで）会ったことだなんて、一度もありません。
ハバード　（そっけなく、マックスに）ハリデイさん、あなたも署へおいで願えますか。
マックス　ええ、行きますとも。
ハバード　奥さん、調書作成の際にはほかの警官たちも同席します。先にお断りしておきますが、今後お話しいただくことはすべて記録され、証拠として使われる可能性があります。これまでのやりとりについては、どうぞお気になさらず。忘れましょう。ただこれからは、あの男について、ゆうべの件について、ご存じのことを正確にお話しいただきたい。隠しごとをされようとすると、あなたのお立場が危うくなりかねませんよ。
マーゴ　何をおっしゃりたいんですの。
ハバード　では、はっきり申しましょう。奥さんは、あの男を死なせたことを認めておいでだ。（庭から静かにトニーが入ってきて、耳をそばだてる）あなたは正当防衛だとおっしゃるが、あいにく目撃者がおりません。あなたご自身による証言しかないのです。
トニー　でも、ぼくが聞いていましたよ。電話で。
ハバード　（トニーへ向き直る）具体的には何が聞こえましたか？
トニー　それは――ええと、ぜいぜいとあえぐ声が。
ハバード　もみ合うような音は聞こえましたかな。
トニー　その――おかしな物音は聞こえませんでしたよ。家内の言ったことと矛盾はありません。
ハバード　要するに、あなたがご存じなのは奥さんの口から聞いたことだけだ。そうですな？（マーゴに）奥さんは、あの男がおたくに押し入ってきたとおっしゃるが、そんな証拠はどこにもないのですよ。いっぽうあなたが、あの男に脅されていた証拠はあるのです。
トニー　脅されていた？
マックス　どうもそのようです。
ハバード　奥さんは、男が窓から入ってきたとおっしゃる。しかし男が、あちらのドアから入ってきたことは間違いありません。
マーゴ　（必死になって）でも、あそこから入れるわけがありません。錠が下りていたし、鍵は二本しかないんです。（ハンドバッグをかき回す）主人は自分で持ってますし、わたしのはバッグの中に──（鍵を取り出し、高く差し上げる）ほら！
ハバード　（静かに）入れてやったのではないですか。

間。

トニー　まさか家内が、自分であの男を入れたと？
ハバード　目下のところそれしか、あの男が入る手段はないように思えます。
マーゴ　じゃあ、襲われたことも信じてくださらないの？（喉元に手を当てる）だったらこの首のあざは、どうお考えになりますの？
ハバード　その程度のあざなら、自分でもつけられますよ。絹のストッキングが片方、窓の外で見つかりました。結び目がふたつできていましてな。これについてはどうお思いですか？
マーゴ　あの男が使ったストッキングだと思います。

ハバード　もう片方のストッキングも発見されました。新聞紙にくるんで、屑籠《くずかご》の底に押しこめてありました。あなたを襲った男が、どうしてそんなことをすると思います？
マーゴ　知りません。
ハバード　あのストッキングは、奥さんのものではないですか？
マーゴ　（ぞっとして）違います！
ハバード　いいや、奥さんのものですよ。片方の踵《かかと》が、少し色の違う絹糸でつくろってありましてな。同じ絹糸の糸巻きが、裁縫籠《さいほうかご》の中から見つかりました。
マーゴ　（裁縫籠へ駆けより、中を探る。完全におびえて）トニー、ストッキングはこの中だったはずよ。

トニーは逆上した様子でデスクへ近づき、受話器をとってダイヤルする。

トニー　警察が犯人をでっち上げようと、証拠の捏造《ねつぞう》を行うことがあるそうだ。しかしまさか、この国でそんなことが起きようとはな。
マーゴ　（トニーへ駆けよって）ゆうべ刑事さんたちは、ひどく長いことここにいたわ。ストッキングくらい勝手に出して、どうにでもできたはずよ。
トニー　その通りだ。靴底の毛にしたって、玄関マットにこすりつけたに違いない。

マーゴは、マックスのほうを向く。

ロジャー　（舞台裏、電話口から）もしもし。
トニー　（電話口へ）ああ、ロジャーか。いてくれて助かった。トニー・ウェンディスだ。よく聞いてくれ、ロジャー――ゆうべのことだが、押しこみ強盗に入られて、マーゴが襲われたんだ。
ロジャー　奥さんがだって！　怪我をしたのか？
トニー　いや無事なんだが、犯人のほうが死んだんだ。今警察が来ている。それでな、呆れたことに――マーゴが故意にそいつを殺したと、連中に疑いをかけられてるんだ。
ハバード　（口を挟んで）よされたほうがいいと思いますが。
ロジャー　なんと、とんでもない話だな。
トニー　まったくだ。そんなわけで、急いで来てくれないか？　メイダ・ヴェイル警察署だ。
ロジャー　すぐに向かうよ。
トニー　助かるよ。じゃああとで。（電話を切り、マーゴへ近づく）もう大丈夫だ。ロジャーが署へ来てくれるから。
ハバード　ウェンディスさん、ご助言申し上げますが――
トニー　助言なら、弁護士から受けますので結構です。

トニーとマーゴは窓へ向かおうとする。マックスはソファのハンドバッグに目を留める。

マックス　マーゴ、ハンドバッグを。

トニーはフランス窓を開ける。

マーゴ　ああ――ええ、ありがとう。

マーゴはバッグを手にして、室内を見回す。心ここにあらずといった様子。きびすを返し、フランス窓から外へ出る。マックスが続いて出ていく。ハバードも出ようとして、トニーのほうを向く。

ハバード　おいでになるでしょうな?

トニー　ええ。当然でしょう。

ハバード　(小声で、半ば独り言のように)うむ――まあ、そうなのでしょうが――

ハバードが出ていく。トニーは室内をざっと見回す。今や完全に、流れは彼のものになっている。トニーはポケットに両手を突っこみ、ハバードのあとについて出ていき、フランス窓を閉める。

――幕――

第三幕

前場と同じ。二、三ヵ月後。昼過ぎ。

家具類の一部が移動している。カーテンは開いているが、鎧戸は閉ざされている。鎧戸の隙間からもれこむ光の筋のほか、明かりのたぐいは見当たらない。デスクの上にはウィスキーの瓶とグラスがひとつ。屑籠《くずかご》はいろいろなごみや、丸めた新聞紙であふれ返っている。かたわらには食料雑貨を詰めこんだ紙袋。前場までソファの後ろにあった長方形のテーブルは、左手奥の棚の下に移されている。このテーブルの上に小型のラジオ。ベッドが一台、室内の左手中央に運びこまれている。そのベッドは数日のあいだ、まともに整えられた形跡がない。ソファは暖炉の際《きわ》まで寄せられ、その上に服やバスローブなどが乱雑に放り出されている。床にはトニーの革のスーツケースが置かれている。ふたは開けっぱなし、途中まで荷造りされている。ソファとベッドのあいだの床に小型の電気ヒーターが置かれ、コンセントにつないである。ホームバーには酒瓶やグラスとともに、一本のアイスピックが置かれている。幕が上がると、室内は闇に包まれている。玄関の向こうの廊下を渡る足音に続いて、玄関で鍵の回る音。トニーが登場。レインコートを着て、小さなファイバー製のアタッシェケースをさげている。明かりをつけ、ドアから鍵を抜き、レインコートのポケットへしまう。コートを脱ぎ、玄関ホールの椅子に置く。ドアを閉める。アタッシェケースをベッドに置き、腕時計に目を落とし、テーブルへ近づく。ラジオをつける。アタッシェケースのほうへ戻り、それを開ける。一ポンド札の束をひとつ取り出し、ポケットに突っこんでケースをふたたび閉める。ラジオの音が徐々に大きくなる。トニーは顔を上げてラジオを見すえ、一心に耳を傾ける。

アナウンサー　――果物および野菜の輸出がおもな問題となっておりましたが、輸出割当量を当初の要求から十二・五パーセント減らすことで合意に至りました。（間）内務大臣はマーゴ・ウェンディス夫人の弁護団に対し、根拠不充分につき執行延期の勧告は行わないとの決定を通知しました。ウェンディス夫人は十一月、中央刑事裁判所《オールド・ベイリー》においてチャールズ・アレクサンダー・スワン殺害の罪で死刑判決を受けております。（間）天気予報です。本日は全国的に、晴れときどき雨となるでしょう。今夜も引き続き、霜がおりるおそれがあります。特に南部ではご注意ください。（電話が鳴る）時刻は一時十一分です。ニュースを終わります。

トニーはラジオを切り、デスクの電話へ向かう。

トニー　（電話口へ）もしもし！
ペンドルトン　（舞台裏、電話口から）ウェンディスさんですか？
トニー　はい。
ペンドルトン　ペンドルトンですが。
トニー　ああ、どうも。
ペンドルトン　手紙の件ですが、お考えは決まりましたか？

トニー　ええ――率直に申し上げれば、弁護費用もばかになりませんので。五百ポンドでお願いします。

ペンドルトン　五百ポンドですって！　奥さまの手紙だけでその金額は――

トニー　ごもっともですがね。あなたの奥さんの手紙が何百万もの人間に読まれたら、どう思われます？

ペンドルトン　しかしですね、こちらは三百五十ポンドしか用意が――

トニー　申し訳ないが、値段交渉に応じるつもりはないですな。

ペンドルトン　それでは少々、検討する時間をいただけますか。

トニー　もちろんですよ。ぜひともご検討ください――ただ、明後日は外出しておりますが。（玄関のブザーが鳴る。トニーは気遣わしげにドアを見やる。静かに）失礼。あとでかけ直しますので。

トニーは電話を切る。玄関へ近づき、開ける。マックスが外の廊下に立っている。コートは着ておらず、無帽。ふたりはしばし互いを見つめる。

マックス　どうも、トニーさん。

トニー　どうも。

マックス　入ってもかまいませんか？

トニー　どうぞ。ずいぶん久しぶりですな。

マックス　（入りながら）ご無沙汰してすみません。その、お気持ちを考えますと――あれ以来――

トニー　お気遣いなく。部屋が冷えておりますね。今ヒーターを――（ベッドのアタッシェケースを目にして、動きを止める）ヒーターをつけますよ。さて、どこに座ってもらおうかな。（ソファからバスローブを取り、アタッシェケースの上にかけて隠す）ここ数週間、ほとんど人に会っておりませんでね。まあ、こういった生活にも慣れてきました。こっちの部屋に引っ越すはめになりましたが――通行人がいちいち足を止めて、寝室の窓から覗きこむもので。上訴が棄却されたときには門をよじ登って、庭にまで入ってこようとする始末でした。とはいえ、無理もありませんがね――動物園と違って金はかからない、話題性ははるかに上ときては。

マックス　もっと――もっと早くに来るべきだったのですが、ご迷惑をかけたらと――

トニーはポケットからタイプ打ちの手紙を取り出し、マックスへ手渡す。

トニー　（静かに）残念ですが、決定しましたよ。今朝弁護士のもとに、内務大臣からこれが届きました。

マックスは手紙に目を通し、トニーへ返す。

マックス　諦めてはいけません。まだ終わったわけでは。

トニー　いや、もう終わりですよ。（ベッドへ腰を下ろす）あらゆる手は尽くしました。今朝刑務所へ行って――別れを告げようとしたんですが、家内に面会を拒まれまして。でも、むしろそれでよかったんです。別れなんてものは嫌いな女でしたから。（間。端的に）もう会うことはないでしょう。
マックス　トニーさん。なんでもする覚悟はあるんでしょう——彼女の命を救えるのなら。
トニー　（驚いて）ええ、もちろん。
マックス　たとえ数年間、刑務所に入ることになっても？
トニー　（沈黙ののち）ええ、なんでもやりますよ。
マックス　うまくいくと思います——いいや、かならずうまくいきます。（ゆっくりと）あなたが警察に、つじつまの合う話をしてくだされば。
トニー　つじつまの合う話？
マックス　いいですか、トニーさん。ぼくは何週間も、考えに考えぬいたんです。こんな事態になることを恐れて。おそらくもう、この手しかありません。
トニー　この手とは？
マックス　警察に言うんです——あなたがスワンを雇って、彼女を殺そうとしたと。

長い間。トニーは、マックスをただ見すえている。

トニー　（立ち上がる）何を言っているんです？
マックス　まあ、聞いてください——ぼくはもう何年も、この手の話を書き続けてきたんです。勝算があるんですよ。マーゴが有罪になったのは、言うことを信じてもらえなかったからです。検察は、マーゴの話は嘘ばかりだと主張し、陪審はそれを支持しました。しかし、出された証拠はいくつあります？　たった三つですよ。ぼくの手紙に、マーゴのストッキング、あとはスワンが鍵を持っていなかったのだから、彼女が入れてやったに違いない――そういう推測だけです。（間）スワンはもうこの世にいません。それこそなんとでも言えます。あなたはスワンと接触していた。スワンと会って、いっさいがっさいを共謀した――そんなふうにだって言えるんです。次に脅迫の件ですが、スワンが犯人だろうとされたのは、これまたたったふたつの理由からです。やつのポケットからぼくの手紙が見つかったことと、マーゴのバッグが盗まれた日、あなたがやつを見かけたこと――これだけです。

トニー　それで？

マックス　ですから、警察に言えばいいんですよ。本当は、ヴィクトリア駅でスワンを見てなどいないと。すべては手紙とやつを結びつけようとでっち上げた、あなたの嘘だったのだと。

トニー　しかし、手紙はやつのポケットに入っていた。

マックス　あなたが入れたんですよ。

トニー　（間）つまり、ぼくが家内のハンドバッグから盗んだことにしろと？

マックス　そうです。それでも矛盾は出ません。

トニー　なぜぼくがそんなことを？

マックス　マーゴへ手紙を送ってきていた人間を突き止めるためですよ。ぼくからの手紙を読んだあなたは腹を立てて、彼女に思い知らせてやろうと考えた。

トニー　それで、脅迫状まで出すわけがないでしょう。

マックス　どうしてですか？　あなたのしわざではないと、どこの誰が証明できますか。

トニーは今の話を吟味する。

トニー　いいでしょう。ぼくがハンドバッグを盗み、家内を脅した。それから？
マックス　ぼくからの手紙を保管しておき、スワンが死んだあと、死体に持たせたのです。
トニー　待ってください——ぼくにいつそんな暇が？
マックス　パーティから帰ってきて、警察が到着するまでのあいだですよ。そのときにストッキングも裁縫籠《さいほうかご》から持ち出して、スワンが使ったなんらかの凶器とすり替えたのです。

トニーは思案をめぐらす。

トニー　マックスさん、お気持ちはありがたいが——そんな話を信じてもらえると思いますか？
マックス　信じさせるんですよ。なんとしても。
トニー　とは言っても、何をどう話せばいいのか。あなたにも同行してもらわなければ。
マックス　いや、それは駄目です。ぼくがどういうものを書いているかは、警察にも知られていますから。この話し合いのことを感づかれでもしたら、もう取り合ってもらえないでしょう。ぼくがここへ来たことは、知られてはいけないんです。
トニー　マックスさん！　やはり無茶ですよ。なぜこのぼくが、マーゴを他人に殺させようなどと？
マックス　これはまあ、陳腐な動機なんですが。マーゴは遺言状を作ってありましたか？

トニー　そんなことは――いや、たしか、作ってあったと思います。

マックス　遺産のおもな受取人はあなたですよね？

トニー　まあ、ぼくでしょうな。

マックス　じゃあ、それが動機ですよ。

トニー　しかしつれ合いを相続人にして、相手を殺さずにいる夫婦など掃いて捨てるほどいます。警察がまともにとるわけがない。見抜かれるのがおちですよ――妻をなんとか救おうと、夫があがいているだけだと。

マックス　それでもやってみる価値はありますよ。未遂に終わった殺人を計画したというだけでは、絞首刑にはなりません。よくよく考えてみてください。せいぜい二、三年、牢屋行きになるだけです。

トニー　せいぜい、ね。これはどうも。

マックス　――それで彼女の命を救えるんですよ。代価としては安いものです。

トニー　よくもまあ、ぺらぺらと口が回るものだ。そもそもあなたがいなかったら、家内はあんな目に遭っていなかったでしょうに。陪審員の同情を勝ちとれなかったのだって、家内とあなたの――関係のことがあったからだ。誤解しないでいただきたいですがね、マックスさん。わずかでも成功の見込みがあれば、ぼくだってやりますよ。でも、どだい滅茶苦茶な話なんですよ。ぼくが――ぼくがどんな手を使ったら、スワンがそんなことを引き受けるというんです？

マックス　金をちらつかせたと言えばいいんです。

トニー　どこの金ですか？　ぼくに金なんかないですよ。

間。

マックス　あなたには、マーゴの遺産が入りますよ。

トニー　ぼくの懐《ふところ》に入るのはいつですか、数ヵ月後ですか。信用貸しで人殺しをする者はいませんよ。駄目ですね、もう少しましな言い訳を考えなければ。

マックス　（懸命に、考えに集中しながら）そうですね――そうしなければ。答えはどこかにあるはずですから、見つけなければいけません。（間）残された時間はどれくらいあるんです？

トニー　（苦しげに、声を絞り出すといった調子で）明日の朝ですよ。

舞台裏のドアがバタンと閉まる音。足音。玄関のブザーの音。

マックス　しっ！

ふたりは口を閉ざし、耳をすましたのち、顔を見合わせる。トニーが玄関のドアを開けに行く。マックスが指をパチンと鳴らし、トニーの注意を引く。待つようにトニーへ合図をして、静かにキッチンへ姿を消す。トニーがドアを開けると、ハバード警部が外の廊下に立っている。腕にレインコートをかけ、ブリーフケースをさげている。

トニー　ああ――どうも、警部さん。（ハバードが入ってくる。トニーはドアを閉め、気遣わしげに言う）あの、家内のことで何か？

ハバード　（同情するように）ああ――いいえ。申し訳ないが、そうではないのですよ。

トニー　（驚いて）とおっしゃいますと？

ハバードは、トニーのレインコートの載っている椅子の背にブリーフケースを引っかけ、帽子とレインコートをコート掛けにかける。

ハバード　（レインコートなどをかけながら）実は、三週間ほど前に起きた強盗事件について、少々お尋ねしたいことがありまして。

トニー　そのようなご用でしたら、二、三日あとではいけませんか？

ハバード　（誠意をこめて）いや、ごもっともです。このようなときに、まことに申し訳ない。わたしとしても――ご主人のご心痛を考えますと――

トニー　（そっけなく）ああ――わかりました。尋ねたいことというのは？

ハバード　レドベリー街の工場の出納係が、事務所にいるときに襲われましてな。ふたり組の男が、数百ポンドを盗んで逃げたのです――大半は一ポンド札でした。

トニー　それとぼくと、どのような関わりが？

ハバード　こういった事件が起きると、すべての地区で調べることになるのですよ。まとまった金を使っている人をね。（トニーの反応を待つように、言葉を切る）

トニー　なるほど。
ハバード　失礼ですが、最近何かお売りになったのですかな――現金販売で。
トニー　なぜです？
ハバード　せんだってうちの部長刑事が、〈ウェイルズ自動車修理工場〉で聞きこみをしましてな。（間）そうしたらあなたが、近ごろそこの支払いを清算したそうで――（手帳を一瞥する）――六十ポンドちょいですか。
トニー　（何気なく）ええ。たまたま持ち合わせが結構あったので、現金で支払ったんですよ。
ハバード　そうですか。その金は、銀行からおろしたばかりでしたか？

間。

トニー　（警戒心を強めて）ぼくの口座を調べたんですか？
ハバード　（微笑んで）実を申せばそうなのです。しかし、どうにも首尾は芳《かんば》しくありませんでした。口座明細の管理は厳重ですので。（にこやかに）それで、その金はどちらから？
トニー　あなたのお仕事に、そんなことが関係あるのですか。
ハバード　盗まれた金だとしたら、ないとは言えませんな。大いに関係ありです。（パイプを取り出し、かかげてみせる）一服やっても？
トニー　どうぞ。（笑いながら）本気でお考えなんですか、その金がぼくの懐に転がりこんだなどと？
ハバード　出どころをおっしゃっていただけないうちは、なんとも申しようがありませんな。（ポケットの中を探る。それから玄関ホールへ行って、レインコートのポケットから刻み煙草入れを取り出す）かりにあなたがその金を、見ず知らずの人間から受け取ったとすれば――そいつがわれわれの追っている犯人かもしれません。おや！（かがみこみ、レインコートの真下のカーペットから何かを拾うそぶりをする）これはあなたのですかな？（鍵をかかげてみせる）

トニー　（そちらへ近づきながら）なんです？

ハバード　（何気なく）鍵ですよ。床に落ちていました――ここに。

トニーは玄関ホールへ行き、自分のレインコートのポケットを探る。鍵を取り出し、それをかかげる。

トニー　いいえ、ぼくのはここにありますよ。

それでもハバードは玄関のドアを開け、鍵が錠に合うか試してみる。

ハバード　たしかに、あなたのではないですな。（トニーは自分の鍵を、レインコートのポケットへ戻す）もしかしたら、わたしのかもしれません。（レインコートのポケットを探って）ああ、やはりわたしのでした。ポケットから落ちたのでしょう、小さな穴が開いています。（手にした鍵を見ながら、数歩歩いて居間へ戻る。歩きながら続けて）この手の鍵は、どれも似ていて困り物ですな。（鍵をそっと、スーツの脇ポケットへ入れる）いや、失礼。なんの話でしたかな？

トニーは困惑する。

トニー　いや、ぼくは何も——

ハバード　ああ、そうだ、金の話でしたな。出どころを教えていただけると、大変ありがたいのですが。なんといっても、百ポンドは持ち歩くには大金ですので。

トニー　さきほどは六十ポンドとおっしゃいましたが。

ハバード　そうでしたか？　ああ——そうでした——なにぶん部長刑事が、報告書を出す前にもう少し調べてみると申したもので。（パイプを吸う）ほかの支払いも済ませたそうですな。たしか仕立代と酒代でしたか。

トニー　それはまた、ずいぶんとお骨折りいただきまして。直接お越しくだされば、わけくらい話しましたのに。ドッグレースで大勝ちした——それだけですよ。

ハバード　百ポンド以上も？

トニーは落ち着かなげに、キッチンのドアのほうへ目をやる。

トニー　（静かに）ええ、百ポンド以上です。そういうこともあるでしょう。

ハバード　まあ、そうですな。（微笑んで）それならそうと、なぜすぐに言ってくださらなかったのです？

トニー　（そっけなく）家内が死刑判決を受けたのに、ドッグレースなんぞに行っているなんて外聞が悪いじゃないですか。

ハバード　（同情するように）とんでもない、お気持ちはわかりますよ。気を紛らわしでもしなければ、とてもやってられんでしょう。（玄関ホールへ向かう）いや、よくわかりました。お騒がせしてすみませんでした、こんなときに。

トニー　（玄関のドアを開けに行く）いいえ、お気になさらず。

ハバードは帽子を掛け釘から下ろし、ドアを開けようとしているトニーへ向き直る。

ハバード　（何気なく）そうだ、もうひとつだけ。小さな青のアタッシェケースをお持ちですかな？

トニーは目に見えて動揺し、数秒のあいだ返事ができない。

トニー　まさか、もう見つけてくださったんですか？

ハバードは居間へ戻ってくる。

ハバード　というと、なくされたのですか？

トニー　ええ。これから警察に届けようと思っていたんです。タクシーに置き忘れたんだと思いますが。あのアタッシェケースのことを、どうしてご存じなんですか?

ハバードはトニーをじっと見つめ、ポケットから手帳と鉛筆を取り出す。キッチンのドアが細く開くが、トニーもハバードも気づかない。

ハバード　ワイン店の者が話していたんですよ。支払いのときにお持ちだったそうですね。そこで部長刑事がふたたび修理工場と仕立屋に当たって、確かめてきました。どちらの店にも、あなたがそのケースをお持ちだったのを憶えている者がおりました。

トニー　ブリーフケース代わりに使っていますのでね。

ハバード　(玄関のドアへ近寄りながら)最近のタクシー運転手は、正直者が多いですからな。きっと無事に返ってきますよ。(マックスがキッチンから入ってくる)おや!　ハリデイさん。

マックスはその場に立ちつくしたまま、もの問いたげにトニーを見すえる。

マックス　(静かに)お待ちください、警部さん――ウェンディスさんから、まだ話があると思います。

ハバード　ほう、なんでしょう?

ハバードはトニーへ向き直る。トニーはマックスを見すえる。マックスはソファへ近づくと、乱雑に重なったトニーの服を次々にめくって覗きこむ。

マックス　あれはどこへやったんです？

トニー　（ベッド脇で）なんだというんですか、いったい？

マックス　（ベッドへ近寄り）ぼくがここへ来たとき、たしかにアタッシェケースを見ました。小さいのを。どこだったか思い出せないが、おそらく――（トニーの部屋着をめくると、問題のケースが出てくる。マックスはそれをデスクへ運び、開けようとするが、鍵がかかっていて開かない。静かに）鍵は持っていますよね。

トニー　あなた、気は確かですか。

マックスはホームバーのトレイから、アイスピックを持ち出す。

マックス　じゃあ結構ですよ。鍵なしで開けてやりますから。

ハバード　（マックスに）お待ちなさい、ハリデイさん。（トニーへ向け、鋭く）さきほどはなぜ、タクシーに置き忘れたなどと？

トニー　置き忘れたと思う、と言ったんです。（一心に錠を外そうとしているマックスに）ばかなまねはよしたまえ。鍵ならどこかに入っているから。（ポケットの中を探る）まったく、とんだ騒ぎだ――（マックスは突然、アイスピックの先端を錠の後ろにあてがって、思いきりねじこむ）ちょっと、いったい何を――

マックス　心配いりませんよ。弁償しますから。

マックスはケースを開け、夕刊紙を一部と、一ポンド札の束を六つ取り出す。デスクの上へ中身を空けて、ひとつずつ札束を積み重ねていく。ハバードは帽子をベッドへ放ると、デスクへ近寄って金を検《あらた》める。

ハバード　五百ポンド以上はありますな。（トニーへ向き直り）どこから手に入れました？

マックス　なぜ手に入れたかなら、ぼくから説明できますよ。この金は、スワンという男への報酬にあてられる予定だったんです――スワンがこの部屋で、ウェンディス夫人を殺したあとに。ただご承知の通り、その――事故があったので、支払いの必要はなくなった。これだけの額を表立って使えば、疑問を持たれるのは明らかだ――だから生活費にあてていたんです。トニーは九月二十八日以降、ずっとこの金で暮らしているんですよ。

ハバード　（トニーに）だそうですが、ウェンディスさん？

マックス　さっきあなたは、マーゴを救うためならなんでもすると言いましたね。どういう心境の変化です？

トニー　（ハバードに）警部さん、あなたがお越しになる前、ハリデイ氏はぼくをけしかけて警察へ行かせようとしたんですよ。そして、前代未聞の呆れた話をしてこいと言った。ぼくがスワンを雇って、家内を殺させようとした。それというのも――間違いがあれば訂正してくださいよ、マックスさん――家内の財産を相続するため、だそうです。まだありますよ。ハリデイ氏の書いた手紙を憶えておいでですか？　あれを盗んだのはスワンじゃなく、このぼくだそうですよ！　そしてぼくが、例の二通の脅迫状を書いた。さらにハリデイ氏の手紙を保管しておき、死体に持たせたのです。

マックス　（ハバードに）それと、見つかったストッキングは——

トニー　ああ、そうそう——ストッキング。それも言っておくべきでしょうな、そのほうが自白らしく聞こえるから。ぼくはすり替えを——（マックスに）この言い回しで合ってますかね？　すり替えをしたんです、ストッキングの片方を——ええと、もう片方とでしたっけ？　それともほかの物とでしたか？

マックスは玄関へ行き、ドアを開ける。

マックス　（ハバードに）この男はスワンに言ったんです。外に鍵を隠しておくからと。（ドアの外側上部の縁《ふち》を見上げ、手を伸ばして探る）おそらくこの上あたりですよ。スワンは自分でドアを開けて入って、カーテンの陰に隠れたんです。その後この男がホテルから電話をかけて、彼女をおびき出して——

トニーはベッドへ腰を下ろす。

ハバード　いや、待ってください。スワンがウェンディスさんの鍵を使ったのなら、死体が身につけていたはずです。それにウェンディスさんご自身は、帰宅したときどうやって家に入ったのですかな？

マックス　（戻ってきながら、答えをひねり出す）彼女にドアを開けさせたんですよ。そして警察が到着する前に、自分の鍵をスワンのポケットから取り出した。

ハバード　いいえ、この方はご自分の鍵で入っていますよ。それは裁判で立証済みです――お忘れですかな？

この言葉に、マックスは返答に窮する。

トニー　どうしたんです、マックスさん――今度はあなたの番ですよ。

マックスは玄関へ行き、ふたたびドアの外の縁を見上げる。実際に動きながら説明をする。

マックス　（ゆっくりとした、しかし大仰ではない調子で）スワンはここから鍵を取って――ドアの錠を開け――また鍵をここへ戻してから、中へ入った可能性もあります。

ハバード　（口を挟んで）いや、よくわかりました。興味深いお説ですな。ですが、わたしがこちらを訪れたのは、まったく別の件を調べるためでして。

マックス　（かっとなって）人の生き死にがかかってるんですよ。それを差し置いて、ほかに大事なことがあるというんですか？

ハバード　わたしにとって大事なのは、この金をどこから手に入れたかです。わたしが知りたいのは、そこだけなのです。

マックスはドアを閉め、足早にデスクへ近寄る。

マックス　いつ手に入れたかなら、すぐにわかりますよ。（いちばん上の引出しを開け、中をあさりはじめる）

トニー　おい、何をしてるんだ。

マックスは小切手帳を取り出し、控えをめくる。

マックス　（興奮しきって、小切手帳をハバードに見せる）そら、見てください。最後に小切手を切ったのが九月二十七日、事件の前日です。やっぱりこの金で暮らしてたんだ。（ハバードは、小切手帳の控えに目を通す）口座明細もありましたよ。（マックスは引出しを大きく開け、黒い書類挟みを取り出す。デスクに載せてひらき、項目を仔細に追う）

ハバード　（口座明細を見て）大きな金額は一度もおろしていませんな。最高で五十三ポンドだ。

ハバードは書類挟みをデスクに放る。マックスはそれを手にとり、またじっくりと中身を確かめる。

マックス　でもほら——ほぼ毎週おろしてますよ——三十五——四十——また三十五——四十五——こうやって徐々に貯めていったんです。

トニー　ずっと計画を温めてた可能性もあるものな。それこそ何年も前から。

マックス　（威圧的に）この金をどこで手に入れた？

トニー　ふたりとも、本当に知りたいのか。（マックスへ向け、険しい声で）言っておくが、愉快な話じゃないぞ。

マックス　いいから聞かせろ。

トニー　（立ち上がる）わかったよ——ただ、尋ねたのはきみだからな。（間）あの晩、マーゴに呼び戻されてパーティから帰ってみると、家内はスワンのそばにひざまずいてポケットを探っていた。盗《と》られた物があると言っていたが、けっきょく見つからなかった。家内はほとんど半狂乱になった。だから警察の取り調べは受けさせなかったんだ。あの状態では、どんな無茶苦茶を口走るかわからなかったからな。夜が明けると、家内はぼくに金を——ちょうどこんな感じで見せてきた。すべて一ポンド札だ。そして言った、「わたしに何かあったら、これは隠してちょうだい」と。（間）家内が逮捕されたあと、ぼくは金をアタッシェケースに詰めて、チャリング・クロス駅の一時預かり所へ預けた。いくらか必要になると、そこから出してほかの預かり所へ入れた。もしも見つかったら、家内はおしまいだと思った。金で黙らせようとした相手を、けっきょく殺してしまったんだから。

マックス　そんなでたらめ、信じる者がいるとでも？

トニー　ぼくにはなんとも言えない。あなたはどうです、警部さん？

間。

ハバード　ううむ。（デスク脇で）まあ、陪審の評決と矛盾はしませんな。
マックス　（逆上して）じゃあ、調べもしないということですか？　彼女は明日吊るされるんですよ。

トニーはベッドへ向かう。

ハバード　（げんなりした様子で）事件がわたしの手を離れて数ヵ月ですよ。裁判もあり、上訴も経たのですから――
マックス　ええ、そりゃああなたには都合の悪い話でしょうよ。誤認逮捕を認めなければならないんですから。
トニー　悪いがきみ、もう帰ってくれないか。
マックス　ああ、言われなくても帰るとも。（玄関ホールへ向かう）しかしあんた、ひとつ間違いを犯したな。（間）今の話をマーゴが聞いたらどうなる？

間。

トニー　当然、否定するだろうな。
マックス　そして遺言状を書きかえるぞ。（この言葉がトニーに突き刺さる。マックスは玄関のドアを開け、トニーをまっすぐ見すえる。（ゆっくりと）ずいぶんと小細工を重ねたようだが、とどのつまりは無駄骨さ。

マックスは出ていく。ここからハバードはトニーに、非常に優しい、子供に対するような口調で接する。トニーはハバードへ向き直る。

トニー　あの男のでっち上げた話をぼくがしていたら、誰か耳を貸してくれたでしょうか？

ハバード　いやあ、それは無理でしょうな。刑の執行が近づくと、きまってその手の訴えをする者が現われますので。こんなことになって、さぞかしご気分を害されたでしょう。

トニーはベッドへ腰を下ろす。

トニー　あの男は、家内との面会を許可されるんでしょうか？　その――家内の心をかき乱したくないんですが――

ハバード　弁護士にひと言伝えておきなさい。おそらく防げるでしょう。（デスクの金へ顎をしゃくる）その金は、盗まれないうちに銀行へ預けたほうがいいですな。

トニー　どうもご親切に――そうします。

ハバード　（帽子をベッドから取り）あ、そうそう、伝言がありました。奥さんの持ち物をいくつか、署でお預かりしているそうで。

トニー　どのような物ですか？

次の台詞のあいだに、ハバードはコート掛けから自分のレインコートを下ろし、玄関ホールの椅子に置かれたトニーのレインコートとすり替える。トニーは背を向けていて気づかない。

ハバード　本が何冊かと――ハンドバッグだったと思います。そのうち取りに来ていただけますか。

トニー　それは――明日のあと、ということですか。

ハバード　ええ、まあ――むろん、今日でもかまいません。内勤の部長刑事に言っていただければ通じますので。（ブリーフケースとトニーのレインコートを手にとり、コートを腕にかける。トニーへ近づき、片手を差し出す）それではウェンディスさん、これで失礼いたします。もうお会いすることもないでしょう。

トニー　（握手して）ええ、さようなら――お世話になりました。

ハバードが玄関のドアから出ていく。トニーは表の出入口のドアの閉まる音を聞いてから、デスクへ行ってウィスキーをグラスに注ぎ、ぐっと空ける。札束のひとつを手にとり、トランプのように端をパラパラとはじく。アタッシェケースを手にして錠の部分をためつすがめつし、ベッドの上に投げ出して室内を見回す。紙袋を手にとって中身をデスクにぶちまけ、札束を詰めこんで新聞紙で覆い隠す。ベッドへ近寄り、ベッド越しに身を乗り出して電気ヒーターのスイッチを切る。それから紙袋を持って、ハバードのレインコートを腕に引っかけ、明かりを消して部屋を出ていく。足音に続いて、表のドアが開いて閉まる音。ヒーターの赤みがかった光がゆっくりと消えていく。鍵の回る音。玄関のドアが開き、ハバードが姿を現わす。ペンライトをつけ、室内を見回す。鍵へ視線を落とし、そっとポケットにしまう。ブリーフケースとレインコートをベッドへ放り、デスクの電話へ近寄る。受話器を上げ、ダイヤルする。

間。

警察　（舞台裏、電話口から）はい。

ハバード　メイダ・ヴェイル警察署だな？　ハバード警部だ。オブライエン部長刑事を頼む、至急だ。

オブライエン　オブライエンです。

ハバード　ハバードだ。戻ってきた。始めてくれ。

オブライエン　了解。

ハバードは電話を切る。デスクを見回し、トニーの口座明細を見つけてもう一度目を通す。突然、鎧戸の奥からガチャンとガラスの割れる音。ハバードはペンライトを消し、音もなくキッチンへ消える。何者かがフランス窓を開けるが、鎧戸に行く手をはばまれる。ナイフが鎧戸の合わせ目に差しこまれ、閂《かんぬき》が持ち上げられて外される。鎧戸が勢いよく開き、陽《ひ》の光が室内へ流れこむ。マックスが姿を現わす。デスクへ駆けより、何かを捜しはじめる。ハバードがキッチンから入ってくる。

ハバード　何ごとですかな、いったい。（マックスは顔を上げ、驚く）なんのつもりですか？

マックス　やつの口座明細はどこです？

ハバード　あなたには関係がない。出ていってください——早く。

マックス　（声を張りあげて）あなたが持ってるんですか？

ハバード　しっ！　大声を出さないで。

マックス　いや、ぼくはただ——

ハバード　（荒っぽく、しかし半ばささやくように）黙りなさい！　（必死な様子で）ウェンディス夫人を救いたいのなら、黙ってわたしに任せなさい。

マックス　え？

表のドアが開く音。続いて足音。ハバードは片手をあげてマックスを制し、玄関のドアを指さす。

ハバード　しっ！　（ふたりは動きを止め、ドアを見つめる。誰かが鍵を差しこもうとする音。一瞬の静寂。玄関のブザーが鳴る。間。ふたたびブザーの音。ハバードはまた片手をあげて、マックスの動きを抑える。遠ざかっていく足音。表のドアが閉じる音。ハバードは安堵のため息をもらす。寝室のドアを開け、窓から街路の様子を窺う）ふう！　あやうく台なしになるところだ。あなたはどこかに閉じこめておくべきだったな。

マックス　あの、これはどういう――

ハバード　（うっぷん晴らしをするように）世間は何かと警察にうるさいが、われわれも素人ではありませんのでな。そのあふれんばかりの才能は、少々引っこめておいていただきたい。（開いたままのフランス窓へ近づき、数秒のあいだ庭を見つめる。静かに）さあ、驚かんでくださいよ、ハリデイさん。

ハバードは外の様子を窺い続ける。ふいにあとずさりして窓から離れ、マックスにも離れるように合図する。数秒後、マーゴがトンプソン（制服の巡査）に付き添われて窓に姿を現わす。マーゴの服装は、第二幕の終わりに着ていたものと同じ。また、同じハンドバッグを持っている。窓のところで立ち止まり、マックスとハバードを目にする。彼女の外見には、ここ二、三ヵ月の苦労がにじみ出ている。

マーゴ　マックス。（マックスが彼女へ近寄る）トニーはどこ？

マックス　トニーは――トニーは出かけたよ。

マーゴ　いつ帰ってくるの？

ハバード　（事務的な、きびきびした態度で）わかりませんな。さ、もういいぞ、トンプソン。（トンプソンが去る。ハバードはマーゴへ向き直る）さきほどブザーを鳴らしたのはあなたですか？

マーゴ　はい。（驚いて）いらしたのなら、どうして入れてくださらなかったんです？

ハバード　鍵はお持ちでしょう。なぜ使わなかったのですか？

マーゴ　使いましたわ。けれども鍵穴に合わなくて。

ハバード　なぜなのかはご承知でしょう。

マーゴ　いいえ、存じません。（間）錠を取り換えたのかしら？

ハバード　バッグをお借りしても？（マーゴはハンドバッグをハバードへ手渡す。ハバードはそれを開け、ファスナー式の財布から鍵を取り出す。それをかかげて）これは、あなたの鍵ではありませんな。

マーゴ　え？

ハバードは、ベッドにあったアタッシェケースをマーゴに見せる。

ハバード　ご主人から聞きました。もうすべて打ち明けてもかまわないのですよ。

マーゴはアタッシェケースを見つめる。その顔をハバードが見つめる。

マーゴ　（当惑して）なんのことですの？　そもそも、どうしてわたし――わかりません。

ハバードはしばし、マーゴを注視し続ける。

ハバード　でしょうな。（優しく）こちらへおかけくださいさい、ウェンディスさん。

マーゴはソファへ近寄って腰を下ろす。ハバードは鍵と財布をハンドバッグへ戻す。

ハバードはデスクのほうへ行き、フランス窓の外へ目をやる。

マックス　これはいったい――

ハバード　（庭へ向けて大声で）トンプソン！

トンプソン　（庭から）はい。（トンプソンが姿を現わす）

ハバード　このハンドバッグを署へ持っていけ。

トンプソン　了解しました。（ハンドバッグの持ち手に腕を通し、出ていく）

ハバード　ああ、ばか、待て待て。そんななりでうろつくんじゃない。（ハバードは自分のブリーフケースを持ってきて、庭へ出ていく）これに入れていけ。

マックス　マーゴ、これはどういうことだい？　なぜきみはここへ？

マーゴ　（夢の中にいるように）わからないわ。（ゆっくりと）一時間ほど前、看守の人がやってきて、自宅へ連れていくとだけ言われたの。それからふたりの刑事さんに、車で連れてこられて。家の近くで車が停まって、さっきのお巡りさんがやってきて。家の中へ入りなさいって。でも、玄関のドアが開けられなくて。外へ出たらまだお巡りさんがいて、裏の庭へ連れてこられたの。（立ち上がる）ねえ、トニーはどこへ行ったの？　今朝面会に来るはずだったのに、来られなくなったって。トニーに何かあったの？

マックス　いや――何もないよ。（ハバードが庭から戻ってきて、フランス窓を閉め、錠をかけて鎧戸を閉める。それから玄関ホールへ行き、電灯をつける）警部さん、何がどうなっているのか教えていただけませんか？

ハバード　ウェンディスさん、さぞや驚かれるでしょうが、気をしっかり持ってお聞きください。

マーゴ　え？

ハバード　ご主人は、あなたを殺害しようとしたのです。

マーゴはしばしハバードを見つめ、次いでマックスのほうを向く。

マックス　警部の言う通りだ、マーゴ。あの男はスワンを使って、あの晩ここできみを殺そうとしたんだ。

マーゴの顔にはなんの感情もうかばない。

マーゴ　いつわかったの、それ。

ハバード　（驚いて）疑ってらしたのですか？

マーゴ　（考えをまとめようとして）いいえ――そんな――でも――（室内をきょろきょろと見回し、突然マックスへ向き直る）わたし、どうしてしまったのかしら。なんにも感じないの。ふつう泣きくずれるなり、なんなりするものじゃないの。

マックス　遅発作用というやつだろう。二、三日経つと、どっと押し寄せてくると思うよ。（マーゴの身体に片腕を回し、ハバードに）どのように突き止めたんです？

ハバード　きっかけは、ほとんど偶然に転がりこんできました。総額で三百ポンド超。奥さんの逮捕前後から、それは始まっているようでした。そうなると、金の出どころと入手方法を突き止めなければなりません。そして思い出したのです、奥さんの逮捕後このフラットを捜索中、デスクの引出しで氏の口座明細を見かけたことを。そこで昨日の午後、刑務所へ行って奥さんのハンドバッグを見せるよう依頼し、中の鍵を黙って拝借しました。まっとうな行いとはとても呼べませんが、いささか頭に血が上っておりましたので。今朝ウェンディス氏が出かけたのを見はからって、ここへ来て口座明細を確かめようとしました。（間）ところが、あのドアが開けられませんでな。あなたのバッグの鍵は、玄関の鍵穴に合わなかったのです。（上から天井をたたく音が三度響く。全員が顔を上げる。ハバードは玄関ホールへ飛んでいって電灯を消す）お静かに。（表のドアが開き、また閉じる音。廊下を渡る足音が玄関前まで来たと思うと、そこで止まる。長い間。やがて足音は去っていく。表のドアが開き、またバタンと閉まる音。少し待ってからハバードは玄関へ行き、ドアを開ける。階上へ向けて声を張りあげ）ウィリアムズ！

ウィリアムズ　（二階から）はい！

ハバード　誰だった？

ウィリアムズ　ウェンディスです。

ハバード　どっちへ向かった？

ウィリアムズ　待ってください。（間）署の方向です。
ハバード　よし。（玄関のドアを閉め、電灯をつける。電話へ近寄って）危ないところでした。（受話器を取り上げ、ダイヤルする）メイダ・ヴェイル警察署だな？
オブライエン　（舞台裏、電話口から）はい。こちらオブライエンです。
ハバード　ハバードだ――やつがレインコートの件に気づいた。たった今帰ってきたが、玄関のドアは開けられなかった。おそらく署へ向かってる。ハンドバッグはそっちに着いたか？
オブライエン　はい。
ハバード　よし。じゃあ――やつが来たら本やら何やらと一緒に渡して、中の鍵を確認させろ。引き渡し品を検《あらた》めさせて、サインを取っておけ。自分の鍵とレインコートを返せと言ってきたら――そうだな、わたしはグラスゴーへ出張中だと言っておけ。
オブライエン　了解。
ハバード　質問はあるか？
オブライエン　いいえ。
ハバード　よし――やつが署を出たら電話をくれ。（この電話のあいだにマックスはゆっくりと玄関へ近寄り、ドアを開ける。考えこみながらドア上部の縁《ふち》を見上げ、スワンの死体のあった床へ視線を落とし、また縁を見上げる。縁の上を手で探って、首をひねる。ハバードは電話を切り、マックスに）見つかりましたかな、ハリデイさん？
マックス　（途方に暮れて）いいえ、あいにく。（ゆっくりと）ウェンディス夫人の鍵はどこなんです？

ハバードは開けたままの玄関から廊下へ出て、マーゴの鍵を階段の絨毯《じゅうたん》の下から取り出し、かかげてみせる。それから正確に元の位置へ戻す。

ハバード　見つけるまでに三十分かかりました。

マックス　しかし鍵がそこにあったのなら――なぜやつはさっき、そいつでドアを開けなかったんです？

ハバード　ここにあるとは思っていなかったからですよ。奥さんのハンドバッグに入っていると思っているんです。つまりあなた、いい線までいっていたわけですな。（マーゴに）ご主人はスワンに、奥さんの鍵を階段の絨毯の下に隠しておくから、出ていくときに戻しておけと指示したのでしょう。ところがスワンがあのようなことになったので、鍵はポケットに入ったままになったとご主人は思いこんだのです。それがわずかなミスでしたな。ハリデイさん、スワンはあなたのおっしゃった通りの行動をとったのですよ。（身ぶり手ぶりを交えて）まずドアの錠を開け――そして鍵を元の位置へ戻した。家の中へ入る前にね。

マックス　それ以来、ずっとそこにあったわけですか！　じゃあウェンディスがスワンのポケットから抜いて、マーゴのハンドバッグに入れたのは――

ハバード　スワン自身の鍵ですよ！　言っておきますが、わたしもすぐに思いついたわけではありません。初めはウェンディス氏が錠を交換したのだと思いました。ただスワンの死体が、鍵を一本も持っていなかったことがずっと引っかかっていた。たいていの人間は鍵を持ち歩くものですからね。そこでひらめいたのです。奥さんのバッグに入っていた鍵をヴァン・ドーン未亡人のマンシヨンへ持っていって試すと、果たしてそこのフラットの錠が開いた。というわけで電話を借りて、ロンドン警視庁《スコットランド・ヤード》へ連絡したのです。

マーゴ　どうしてわたしを、家へ連れてきましたの？

ハバード　絨毯の下に鍵を隠した可能性は、奥さんにもあったからです。あそこに鍵があるのをご存じかどうか、確かめる必要があった。

マーゴ　それで、わたしが知っていたら？

ハバード　（微笑んで）あなたは、知らなかったじゃないですか。

マーゴ　（だしぬけに）マックス！

マックス　なんだい？

マーゴ　（震えだす）どっと押し寄せてきそう、今。

マーゴは頭をマックスの肩へ預け、声を殺して泣きはじめる。マックスはマーゴを抱きしめる。

電話が鳴る。

ハバード　オブライエンか？

オブライエン　はい、警部。やつは今、署を出ました。

ハバード　よし！（電話を切る。玄関へ近寄りながら、マーゴとマックスに）あとひと息ですので、ご辛抱を願います。（ドアを開け、階上へ向けて）ウィリアムズ！

ウィリアムズ　（二階から）はい！

ハバード　やつは今、署を出た——こっちへ来たら合図しろ。
ウィリアムズ　（二階から）了解。

ハバードはドアを閉め、錠がきちんと下りたことを確かめる。

マーゴ　（マックスに）ハンカチを。

マックスはハンカチを取り出して手渡す。マーゴは目元を拭い、盛大に鼻をかむ。

マックス　（ハバードに）これからどうなるんです？
ハバード　いずれウェンディス氏は、ここへ戻ってきます。彼の鍵はこちらで拝借してありますから、ハンドバッグの鍵を使わなければなりませんが、鍵穴に合わないので間違いに気づくでしょう。それで考えてみて、階段の絨毯の下を探るはずです。
マックス　だが——もしもやつがそうしなければ——何もかも当て推量のままだ。何も証明できません。
ハバード　おっしゃる通りです。（ゆっくりと、力をこめて玄関のドアを指さし）しかし彼があのドアを開ければ——すべてが明らかになるのです。

間。

マックス　そうなったら、あなたはどうされるんです？
ハバード　内務大臣に電話します。わたしの電話を待っておられますので。
マックス　その後、ウェンディス夫人は？
ハバード　あとはもう、何も心配いりませんよ。

天井を三度たたく音。マックスとマーゴは立ち上がる。ハバードは電灯を消し、電話の近くに立って玄関ホールのほうを向く。長い間。

マックス　（優しく）大丈夫かい、マーゴ。
マーゴ　（かすれ声で）ええ――大丈夫。

マックスはマーゴを抱きしめる。

ハバード　（穏やかに）さて、そろそろお静かに。（またも長い間。そして、表の出入口のドアが開いて閉まる音。足音が玄関へ近づいてくる。間。鍵の差しこまれる音。鍵が錠に合わない。長い間。足音が表のドアへ引き返していく。バタンという音。マックスがぎくりとして、寝室のドアを開けに行き、窓から外を覗く。ハバードは小声で）気をつけて！
マックス　庭へ回ろうとしています。割れたガラスを見られたら――

ハバード　しっ！

　　間。

マックス　（ひそめた声で）戻ってきました。
ハバード　気づいたんです。

　　長い間。

　　マックスは寝室のドアを静かに閉め、マーゴのそばへ戻る。表の出入口が開く音、玄関へ近づいてくる足音。数秒の静寂。その後、鍵が差しこまれて回る音。ドアが開き、トニーが入ってくる。ハバードのレインコートと、マーゴのハンドバッグと本を何冊か持っている。廊下の明かりを背にうかび上がる姿。錠に差した鍵を見つめ、何か考えこむ様子でそれを抜く。振り向いて階段の五段目を見つめ、手にした鍵へ視線を戻す。それから電灯をつけ、観客へ背中を向けてドアを閉め、こちらへ向き直って室内へ歩を進める。数歩進んだのちマーゴとマックスに気づいて、マーゴを穴の開くほど見つめ、本とハンドバッグをとり落とす。反対方向を見て、ハバードを目にする。次の瞬間レインコートを投げ捨て、慌てて玄関へ駆けよるが、ドアを開けたとたん左から私服の刑事が現われて、行く手を塞《ふさ》ぐ。トニーは室内へ向き直り、マーゴをじっと見つめる。マーゴは顔をそむけ、マックスのほうを向く。ハバードはトニーを上から下まで眺め回す。そうして非常にゆっくりと、電話へ近づいていってダイヤルする。

――幕――

解説

町田暁雄（編集・ライター）

※プロットや手がかりに言及しています。本編を先にお読みください。

「計画を練るときには完璧であっても、実際に行《おこな》ってみると、思わぬトラブルがあり、即興で対応しなくてはならなくなるものです。そしてそのとき、大きなミスを犯してしまう。それは、現実の、普通の生活でも同じでしょう。正しいことを思いついても、その通りにやり遂げるのは難しい――結婚も、その他のすべても同様です」

フレデリック・ノット

1．寡作の才人、フレデリック・ノット①　～《ダイヤルMを廻せ！》まで～

本書は、英国の劇作家フレデリック・ノットのミステリ舞台劇《Dial "M" for Murder》（一九五二年初演）の全訳である。翻訳に用いられたのは、主には一九五三年に米 Random House 社から刊行された単行本で、上演台本等の形を別にすれば、これが、ミステリファン／演劇ファン待望の、わが国での初刊行と思われる。

犯人側の計画と犯行を先に描いてみせる、いわゆる〝倒叙ミステリ〟の傑作として高く評価され、ブロードウェイで五五二回というロングランを記録、現在も世界中で上演され続けている本作であるが、執筆から大ヒットまでの間には、いくつかの偶然を含む興味深い経緯があったことが伝えられている。まずは、作者ノットの簡単な経歴と併せ、その流れをご紹介してみたい。

▲米国版単行本

▲フレデリック・ノット

フレデリック・M・P・ノットは、一九一六年八月二八日、中国の漢口《ハンカオ》で誕生。両親はクエーカー派の伝道師であった（父親が同地の高校で科学を教えていた、という資料もあり）。少年時代から芝居や映画に親しみ、後年のインタビューでは、舞台化された《ブルドッグ・ドラモンド》シリーズやチャップリンの『黄金狂時代』（25）などが当時のお気に入りだったと語っている。
一〇歳の頃に英国へ戻り、一九三四年、ケンブリッジ大学に入学。一九三七年にはテニスのケンブリッジ／オックスフォードチームの一員（ケンブリッジチームの主将）として渡米し、ハーバード／イエールチームと対戦、ニューヨークタイムズ紙の当時の記事によれば、英国チームは接戦の末惜しくも敗れたという。卒業後は英陸軍に入隊し、四六年に除隊（この年にロンドンで観たJ・B・プリーストリーの《夜の来訪者》が「想像力を真に刺激された最初の体験だった」とのこと。ノットは同作を「スリラーの形をとった道徳的舞台作品」と評している）。脚本家をめざして、数年間、映画会社に勤務した後、フリーランスに。そして、エージェントから（友人という説もあり）「映画の脚本家として認められるには、まず、芝居か小説を書くといい」というアドバイスを受け、サセックス州の実家に戻ると、庭に建つコテージに十八ヵ月籠って、すでに構想は固まっていたミステリ劇――すなわち本作を完成させたのであった。

そうして書き上げた《ダイヤルMを廻せ！》を、ノットは、ロンドンで活躍中の十人近い舞台プロデューサーに送付した。ところが、何と、誰からも興味を持ってもらえず、脚本はすべて送り返されてしまった（最も好意的な評は「ちょっと気の利いた着想はあるが、全体としてはあまり興味を引かれない」というものだったそうである）。ノットは、落胆のあまり原稿を破り捨てかけたというが、数ヵ月後、気を取り直すと、舞台劇をドラマ仕立てで放映する番組『Sunday Night Play』を制作していた公共放送局ＢＢＣへ送ることを思いつき、今度は見事採用となった。そして、彼自身が九十分番組用にリライトしたシナリオにより、本作は、一九五二年三月二十三日、生放送のテレビドラマとしてオンエアされたのである。

英国のテレビは、当時まだＢＢＣ一局のみの時代であり、同番組は毎週五百万人もの視聴者を集めていたという。

放映の翌日、ノットの元に一人の映画プロデューサーから連絡が入った。『来るべき世界』（36）、

『生きるべきか死ぬべきか』(42)、『第三の男』(49)等、名画の制作で知られ、監督、映画制作会社社長、そして当時のイギリス映画界のドン的存在でもあったアレクサンダー・コルダ卿である。コルダ卿は、BBCでの放映を一見、その眼力で本作の価値を見抜くと、いち早く映画化権の獲得に乗り出したのであった。交渉の結果、彼はわずか千ポンド(当時の金額で約二千八〇〇ドル)でノットから権利を獲得。参考までに、後にコルダ卿がワーナー・ブラザーズにこの映画化権を売った際の金額は、十七万五千ドルともいわれている。

BBCでの放映は、視聴者のみならず評論家にも好評であった。その評判を耳にして、舞台のプロデューサーたちも、ようやくノットに《ダイヤルMを廻せ!》の上演を打診し始めた。しかし、そこで彼らの前に立ち塞がったのは、コルダ卿が映画化権の契約中に盛り込んだ〝ある条項〟であった。それは、「映画の完成以後は、一切の舞台公演を禁止あるいは中止させる」という一項で、そのため、プロデューサーのほとんどは上演を断念してしまったという。が、その中でただ一人、ジェームズ・P・シャーウッドというプロデューサーが、「映画化まで」というその不安定な条件を飲んでロンドンでの上演を実現させることになった。実は、シャーウッドは、地方で上演中の芝居がロンドンでの本公演前にキャンセルされることになり、すでに押さえてあった劇場との契約を解消できなかったため、代わりの戯曲がどうしても——しかも早急に、必要となっていた。そこで彼は、テレビ放映で観たばかりの『ダイヤルMを廻せ!』に白羽の矢を立てたのであった。

こうして、わずか三週間弱の準備とリハーサルを経て、一九五二年六月十九日、《ダイヤルMを廻せ!》は、ロンドンのウェストミンスター劇場(六八〇席)で慌ただしく幕を開けることになった。

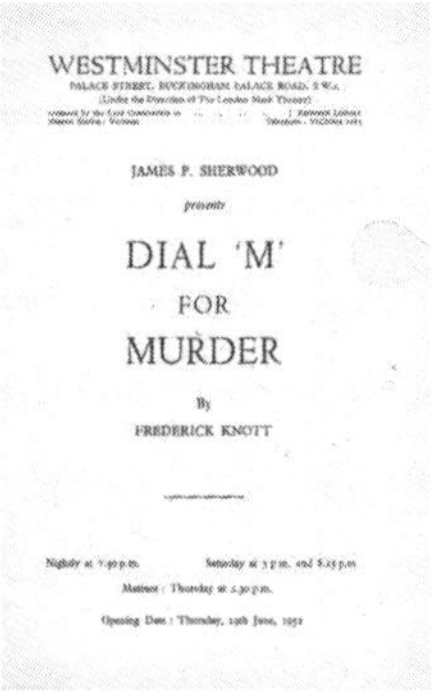

▲ロンドン初演時のパンフレット

そして、この、本来の形でのようやくのお披露目も、TV版と同様に、観客と評論家の両方から大好評を持って迎えられたのである。

当時、新聞や雑誌に数多く書かれた評論の中で、作者を特に喜ばせたのは、ある新聞評にあった『《一〇分アリバイ》以来の、このジャンルで最も満足できる芝居』という一節だったという。アンソニー・アームストロングの三三年の舞台作品《一〇分アリバイ》は、やはり倒叙形式によるミステリ劇であり（犯人は、題名通り、時計に細工をして一〇分間のアリバイを確保し殺人を犯すのであるが、映画『殺人幻想曲』［46］のように、まずは想像上の完璧な犯行を我々に見せておき、続く現実では次々と想定外のことが起きる、という凝った構成となっている）、ノットが本作執筆の間、座右に置いて目標とした作品だったのである。

ロンドン初演の配役を記しておけば、以下の通りである（★はBBC版と同じ配役）。

トニー：エムリス・ジョーンズ　★
シーラ※：ジェーン・バクスター　※本書ではマーゴ
マックス：アラン・マクノートン
ハバード警部：アンドリュー・クルックシャンク
レズゲイト大尉：オラフ・プーリー　★
（演出：ジョン・フェルナルド）

そして、ここにもう一つの偶然——あるいは出会い——が重なることになる。ちょうど同じ時期に、アレクサンダー・コルダ卿が係った映画『ギルバートとサリバン』に出演するためロンドンを訪れた俳優モーリス・エヴァンス（『猿の惑星』［68］、『ローズマリーの赤ちゃん』［68］、『奥さまは魔女』［TV 64〜71］）が本作の脚本と公演に触れ、自らの主演によるニューヨークでの上演を希望したのである。エヴァンスは、制作者のシャーウッドに（引き続き）アメリカ公演のプロデュースを依頼するとともに、コルダ卿を「ブロードウェイでの上演と映画化には、大きな相乗効果が期待できる」と説得し、問題の〝条項〟の緩和を取りつけることに成功したという。

▲ブロードウェイ初演時のパンフレット

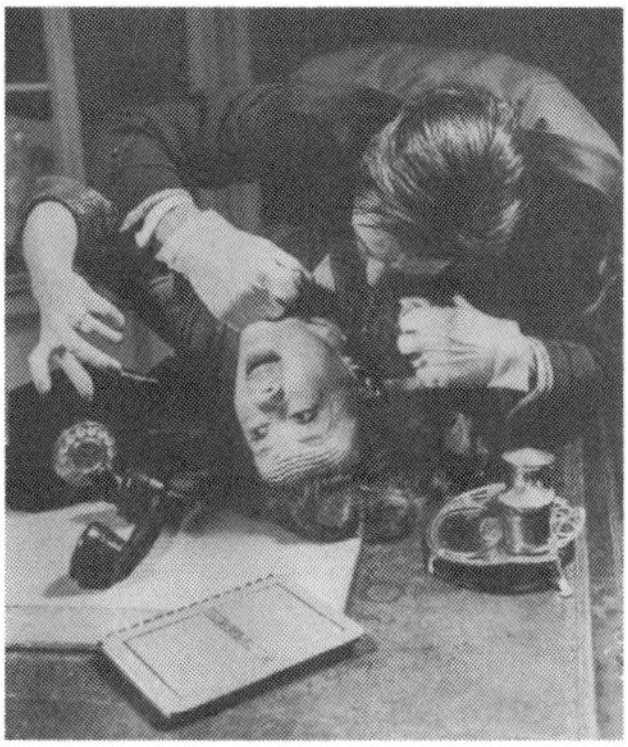
▲ブロードウェイ版舞台より

　同年（一九五二年）一〇月二九日、ニューヨークのプリマス劇場（一〇六三席）で幕を開けたブロードウェイ公演は、五四年二月までの一年四ヵ月の間に五五二回上演されるという、英国作家の処女作としては奇跡的ともいえる大ヒットを記録。その、ミステリとしての上質さにより、アメリカ探偵小説作家クラブの《エドガー賞》（最優秀ミステリ劇賞）を受賞することにもなったのである。

FACTS AND FIGURES ON HOLIDAY FARE

DRAMATIC OFFERINGS

ATTRACTION	THEATRE	Curtain Time MATS.	Curtain Time EVE.	REGULAR EVE. SCALE	NEW YEAR'S EVE. SCALE	MATINEES WK. DEC. 21	MATINEES WK. DEC. 28	MAT. SCALE
Bernardine	Playhouse	2:40	8:40	$1.80-$4.80	$1.80-$6.00	Wed., Sat.	Wed., Sat.	$1.20-$3.60
Dial M for Murder	Plymouth	2:40	8:40	$2.40-$4.80	$3.00-$7.20	Thurs., Sat.	Thurs., Sat.	$1.80-$3.60(a)
I've Got Sixpence	Barrymore	2:40	8:40	$1.30-$4.80(b)	$2.40-$7.20	Fri., Sat.	Thurs., Sat.	$1.80-$4.20
Mrs. McThing	48th Street	2:40	8:40	$1.80-$4.80	$2.40-$6.00	Fri., Sat.	Wed., Sat.	$1.80-$3.60
The Children's Hour	Coronet	2:40	8:40	$1.80-$4.80	$2.40-$6.00	Thurs., Sat.	Wed., Sat.	$1.20-$3.60
The Deep Blue Sea	Morosco	2:40	8:40	$1.80-$4.80(d)	$2.40-$7.20	Wed., Sat.	Wed., Sat.	$1.80-$3.60(a)
The Fourposter	Golden	2:40	8:40	$1.80-$4.80	$2.40-$6.00	Fri., Sat.	Thurs., Sat.	$1.20-$3.60
The Grey-Eyed People	Martin Beck	2:40	8:40	$1.80-$4.80	$1.80-$6.00	Wed., Sat.	Thurs., Sat.	$1.20-$3.60
The Male Animal	Music Box	2:40	8:40	$1.80-$4.80	$3.00-$6.00	Fri., Sat.	Tues., Sat.	$1.20-$3.60
The Millionairess (e)	Shubert	2:40	8:40	$1.80-$4.80(b)		Thurs., Sat.		$1.80-$4.20
The Moon Is Blue	Henry Miller's	2:40	8:40	$1.20-$4.80	$2.40-$7.20	Thurs., Sat.	Sun., Sat.	$1.20-$3.60
The Seven Year Itch	Fulton	2:40	8:40	$1.20-$4.80(f)	$2.40-$6.00	Wed., Sat.	Wed., Sat.	$1.20-$3.60
The Time of the Cuckoo	Empire	2:40	8:40	$1.20-$4.80(f)	$1.20-$6.00	Wed., Sat.	Wed , Sat.	$1.20-$3.60
Time Out for Ginger	Lyceum	2:40	8:40	$1.80-$4.80	$1.80-$6.00	Wed., Sat.	Thurs. Sat.	$1.20-$3.60

▲ブロードウェイ初演時の上演情報欄

ブロードウェイ初演の配役は以下の通りであった。
トニー：モリース・エヴァンス
マーゴ：グスティ・フーバー
マックス：リチャード・ダール
ハバード警部：ジョン・ウィリアムズ
レズゲイト大尉：アンソニー・ドーソン
トンプソン（巡査）：ポーター・ヴァン・ザント
（演出レジナルド・デナム）

ブロードウェイでの大ヒットを受け、翌一九五三年からは、全米ツアー、そして世界各国での公演が次々とスタートし、五八年までの六年間に、《ダイヤルMを廻せ！》は二四ヵ国語に訳され、三〇以上の国で上演されたという。

当時の新聞記事に、各国での公演タイトルが掲載されているのでご紹介しておきたい。デンマーク題：《午後十一時にベルが鳴る》、フランス題：《完全犯罪》（《ほとんど完全な犯罪》との記述もあり）、デンマーク題：《依頼殺人》、スウェーデン題《警察へのダイヤル０》、そしてソビエト題：《トニー・ウェンディスの失策》（《テレフォンコール》との記述もあり）。ソ連では、モスクワ、レニングラード等、いくつかの大都市で上演され、「《検察側

▲ローマ版舞台より

▲フランス版舞台より

の証人》に続く優れたミステリ劇」と高く評価されたが、国営紙「プラウダ」には、「この芝居は、ソビエトのモラルとはかけ離れた〝下劣で俗悪〟なドラマである」と酷評されたという。

わが国での公演は、早稲田大学演劇博物館の〈現代演劇上演記録データベース〉によれば、一九九四年に劇団・自転車キンクリートが、東京（紀伊國屋ホール）と大阪（近鉄劇場）で上演（翻訳：飯島早苗　演出：鈴木裕美　主演：安寿ミラ、大谷亮介）。九六年に、TBS／キョードー東京との共催で再演されている（翻訳：福田美環子　演出：勝田安彦）。

もちろん、英米でもたびたびツアー公演が行われており、一九七二年の世界ツアーではジョーン・フォンテイン（『レベッカ』〔40〕、『断崖』〔41〕等）がマーゴ役を好演したとのこと。一九九五年の全米ツアー（八ヵ月・十二都市）ではナンシー・アレン（『ロボコップ』〔87〕シリーズ）が同役を、ロディ・マクドウォール（『猿の惑星』〔68〕シリーズ）がハバード警部を演じている。また、イギリスではつい最近、二〇一四年にも全英ツアーが行われたそうである。

そして、ブロードウェイ公演が継続中の一九五三年、前述のよ

▲1995年版紹介冊子

▲1972年版パンフレット

▲ストックホルム版舞台より

うにコルダ卿から権利を買ったワーナー・ブラザーズが本作の映画化に乗り出した。監督は、サスペンスの巨匠、アルフレッド・ヒッチコック。出演は、『失われた週末』（47）のレイ・ミランドと、銀幕デビューから三年めのグレース・ケリー、『逃走迷路』（42）のロバート・カミングス、そしてジョン・ウィリアムズとアンソニー・ドーソンの二人が、舞台版からそのまま起用された。戯曲からの脚色を依頼されたノットは、ヒッチコック監督と共に脚本づくりを行うため、同年五月に米国入りしている。

映画は、翌一九五四年五月に全米で公開。その後、世界中で順次公開されていった（日本での公開は同年一〇月）。この〝映画版〟によって、《ダイヤルMを廻せ！》は、芝居ファンの枠を遥かに超え、世界中の映画ファンに愛され続ける〝マスターピース〟の一つとなったのである。

本項の終わりに一つつけ加えると、当時三十六歳のフレデリック・ノットは、訪米中にニューヨークで一人の女性と出逢い、恋に落ちた。そして、ノットとその女性――テネシー出身の舞台女優アン・ヒラリー嬢は、その年（五三年）の十一月十四日、見事ゴールインを果したのである。

2.《ダイヤルMを廻せ！》を読む ① 〜ヒッチコック映画版との比較〜

さて、ここからしばらくの間は、《ダイヤルMを廻せ！》の作品としての魅力と、その特徴についてまとめてみたい。

まずは、やや搦め手ではあるが、アルフレッド・ヒッチコック監督による〝映画版〟との比較から始めてみよう。本書の読者の多くは《ダイヤルMを廻せ！》をすでにご覧になったことがあると思われ、しかも、ほとんどの方は〝ヒッチコック版〟で鑑賞されているはずなので、その比較検討によって、オリジナルである〝舞台版〟の特徴を、よりスムーズに理解していただけると考えるからである。

一九五四年に公開された〝映画版〟で、いわゆる〝ヒッチコック・タッチ〟溢れる名場面として繰り返し語られているのは、以下の五ヵ所ではないだろうか。

①冒頭、二つのキスだけで、マーゴと夫トニーの、そしてマーゴと愛人マーク（舞台版のマックス）のそれぞれの関係の〝濃淡〟を明示してしまう導入部。
②犯行時、腕時計が止まったため合図する時刻に遅れたトニーが、公衆電話に駆けつけ〝ダイヤルMを廻す〟までのサスペンス。
③それに続く、レズゲイト大尉とマーゴによる〝犯行〟シーン。
④電話の向こうの〝犯行〟の物音を聞きながら思わず目を閉じる等のトニーの描写。

⑤照明によって色彩を変えていくことで経過を表現した、マーゴの裁判〜死刑判決の件り。

既に本編をお読みになった方はお分かりの通り、実は、このうちの四つは〝舞台版〟にはまったく存在していない。

①は、情熱的なキスによって、マーゴと愛人マークの関係を我々に伝えるのだが、〝舞台版〟では二人は一度も抱き合ったりキスをしたりしておらず、そもそも、彼らの関係は〝元愛人〟と呼ぶ方が相応しいものとなっている（実は〝映画版〟も、その後の会話の多くが〝舞台版〟に準じており、そのためマーゴの言動がやや不自然なものになっているように思われる）。

②は、ヒッチコックが巨大な電話機と同サイズの指を作らせて〝ダイヤルMを廻す〟瞬間を撮影した（3D映画用の特殊なカメラで撮影するため、その構造上、小さな電話機にギリギリまで近づけることができなかったという）ことで有名な場面であり、公衆電話が使用中という小さなサスペンスもつけ加えて、見ている我々を「これから妻を殺そうとしている犯人」の方に感情移入させ心理的な共犯者にしてしまうというヒッチコック映画ならではのマジカルなシーンなのだが、すでにお読みの通り、〝舞台版〟の犯行シーンの視点は完全にフラット側だけになっており、従って、トニーの電話が遅れることもなく、レズゲイトが部屋を出てしまおうとする件りも存在しない（P84〜85）。同様に、④の印象的な表情、そしてその後の、電話からマーゴの声が聞こえたときの狼狽も、舞台ではま

▲ヒッチコックと大きな電話

ったく描かれていない。

⑤は、シンプルな（ほぼ）ワンカットによって、ヒロインが奈落へと突き落とされる悲劇的な過程をわずか六〇秒で描いてみせた〝演劇的〟と評されることもある名場面なのだが、皮肉なことに、これも〝舞台版〟にはまったく存在しない。

つけ加えると、この五つに準ずる印象的なサスペンスである、「パーティへの出がけに鍵を階段に隠そうとしたトニーがマークに邪魔をされ、即興の芝居で何とか成功させる」という趣向も、〝映画版〟独自のものである（この趣向は、舞台版のやや地味な「スクラップ用の糊」の件り［P81］と差し替える形で、後ろ手に隠したマーゴのハンドバッグからキーを借用するもうひとつの〝くすぐり〟と一緒に加えられており、サスペンスの手数を増やすとともに小道具を〝鍵〟のみに集中させる巧みな変更である。が、実は、その「効果優先」によりオリジナルの緻密さをひとつ損なう結果になっているようにも思われる。P190にて後述）。

こうして並べてみて改めて判るのは、ヒッチコック監督が、いかに巧みにエモーショナルなサスペンス効果をつけ加え、本作を見事〝ヒッチコック映画〟に仕立て上げているか、ということである。そして、そこから翻って見るならば、この〝舞台版〟が、かなり淡々とした、クールな造りのミステリであることが実感としてお分かりいただけるのではないだろうか。

その中にあって〝舞台版〟唯一の「アクション」である③の〝犯行〟シーンの壮絶さは、後の《暗くなるまで待って》にもつながる、作者ノットの――いうなら――ある種のサディスティックさが発露した箇所であり、〝鋏による刺殺〟という犯行方法も含めたその趣味もまた、大いにヒッチコック

▲ブロードウェイ版舞台より
（映画ではカットされた場面　本書ではp37）

好みのものであったように思われる。

そして、ヒッチコック監督がエモーショナルな要素の追加のみに傾注し、ストーリーにはほぼまったく手を入れなかったという事実は、本作のミステリとしての完成度を示すものだともいえるだろう。ヒッチコック映画には、戯曲や小説が「原作」としてクレジットされたものが少なくないのだが、実際には、その設定や発端のみを活かし、独自の物語に仕立て直している場合が多いからである（ブロードウェイで大ヒット中のミステリ劇を原作に選ぶという異例の選択自体には、前作『私は告白する』の興業的失敗のリカバーという意味合いも強かったのであるが）。

因みに、わが国での公開時の評でも、

『探偵スリラー劇としては面白いにはちがいないが、（略）ヒッチコック・ファンは、これをみて失望するだろうと思うからである。この話の面白さは芝居をみているときの面白さであって、（略）』
（植草甚一　キネマ旬報　一九五四年八月下旬号）

『シナリオの力が演出や演技を上回る役割を果たしていることは明らかである。』（木村千依男　キネマ旬報　一九五四年九月上旬号）

『原作である舞台劇がなかなか優れたものであって、近来にないサスペンス・ドラマである。』（南部

圭之助　スタア誌一九五四年一〇月号）
と、本作の面白さの中心はストーリーにあることが、強く指摘されていた。

ただし、右のような評は、ヒッチコック演出のある面を、やや過小評価しているとも考えられる。例えば、〝舞台版〟でも前半の見せ場となっている、トニーがレズゲイト大尉を陥落させる長い、静かな場面を見てみれば、ヒッチコック監督が、的確なカット割で緊張感を維持しつつ、ノットの書いた会話の緩急を完璧にサポートしているのが分かるだろう。目玉だったはずの３Ｄ撮影の効果も、わずかな例外――〝犯行〟シーンでの鋏のカットや、警部が鍵を差し出すカットなど――を除けば、ひたすら画面に奥行きを与え、あたかも我々観客もその場に居あわせているような、まさに演劇的な臨場感を生み出す方向に使われているのである（ヒッチコックは、舞台風の効果を出すため、セットに木の床を敷かせて足音が響くようにしたとも語っている）。

ノットは、六一年のインタビューで、自身のミステリ劇のコンセプトに関して『通常の犯人当てミステリよりももっと、可能な限り観客を参加させたいんです』と述べており、《ダイヤルＭを廻せ！》の〝倒叙〟という形式は、計画され遂行され、さらに意外な方向へと進んでいく物語（被害者が変わる！）に観客を巻き込むために選ばれたものだったように思われる。そして、ノットのいう〝参加〟が、主には知的興味による「次はどうなるんだろう？」というものだったのに対し、ヒッチコック監督は（多くの場面ではその狙いのサポートに徹しながら）要所に「ハラハラ」「ドキドキ」を挿入することで、さらにエモーショナルな〝参加体験〟の効果をつけ加えていったというわけである。

有名な話であるが、ヒッチコックは元々、「犯人当てミステリの映像化」を嫌っており、フランソワ・トリュフォーによるインタビュー書『映画術』でも『わたしにとっては、ミステリーがサスペンスであることはめったにない。たとえば、謎解きにはサスペンスなどまったくない。一種の知的なパズル・ゲームにすぎない。謎解きは、ある種の好奇心を強く誘発するが、そこにはエモーションが欠けている。しかるに、エモーションこそサスペンスの基本的な要素だ』と語っている。つまり、ヒッチコック監督が《ダイヤルMを廻せ!》に魅かれた理由もまた、これが「ハラハラ」「ドキドキ」を思いのままに盛り込める〝倒叙ミステリ〟なればこそだったと思われるのである。

〝映画版〟のシナリオは、ヒッチコック監督が、アメリカに呼び寄せたノットを自宅に泊めて共同脚色していったといわれており(〝舞台版〟と完成したシナリオを比較すると、ミステリとしての流れに関係しない小さな箇所で、会話の省略と結合、順序の入れ替えが多数行われ、その多くが見事に効果を上げている)、その才能を大いに認め「賢い坊や《クレバー・ボーイ》」と呼んでいた、という証言も残っている。ノットの方も、巨匠との共同作業を大いに楽しんだようで、一九九五年のインタビューで、当時のことを以下のように述懐している。

『ヒッチコック氏の仕事ぶりを見られたのは、本当に素晴らしい体験でした。プライベートでの彼は、驚くほど気取りがなく、親切で楽しい人。そしてセットでは、全員が彼と働くことを愛していたのです。(略)実は、イギリス時代に彼と仕事をした人物から「恐い人だぞ」と脅かされていたのですが、ありがたいことに、そんな風に感じたことはありませんでした』

もう一つ、同じインタビュー中に、ノットが、『ダイヤルMを廻せ!』がTVの台頭に対抗すべく3D映画として撮影されたにもかかわらず、完成時には、ごく短かかったそのブームはすでに終わっていて、結局はほぼ通常版で公開された（そう長くない〝映画版〟の中盤に「休憩」が入るのは、3Dで撮られた名残りだそうである。すなわち、右目用と左目用の両方のフィルムを同時に映写する必要がある当時の3D映画は、通常のように、上映しながらもう一台の映写機に次の巻のフィルムを掛け替えて準備することができなかったのだ）ことについて語った貴重な――そして、いかにも子供のころからの映画ファンらしい屈託のないコメントがあるので、この機会にご紹介したい。

『制作は「肉の蠟人形」の直後だったんですよね。僕自身は、ぜひ3Dでも観てみたかったのに、叶わなかった。「3D用のメガネで頭痛が起る」という苦情が多かったかららしいのですが、よく分からないんです。僕自身は、頭が痛くなったりはまったくしなかったので』

本項の最後に、〝映画版〟独自の〝ヒッチコック・タッチ〟についてもう少々触れておけば、エモーショナル要素追加の大きなものは、ほぼすべてが、トニーとマーゴ――次いでマーク――に集中しており、残りの二名、レズゲイト大尉とハバード警部の台詞や動きは、基本的に〝舞台版〟と同じである（レズゲイトには〝犯行シーン〟に「合図の電話がないので帰りかける」という小さいが効果的なサスペンスが加えられており、警部の方は、〝舞台版〟ではマックスが行う、三幕のクライマックスでの「トニーの動きを報告する」役割を、より〝名探偵〟らしい格好よさで受け持っている［P163〜164］）。そして、前者三人を演じたのがいずれも映画スターであり、後者の、ミステリとしての骨格を前半と後半に分けて担っている二名の方は、どちらもブロードウェイで同じ役を演じてきた舞台俳優であるというキャスティングの割り振りにも、ヒッチコック監督の〝映画化〟のコンセプトはよく顕れているように思えるのである。

3.《ダイヤルMを廻せ！》を読む ②　～オリジナル英国版との比較～

続いてもうひとつ、「比較検討による本作の魅力と特徴の紹介」を試みてみたい。こちらは〝映画版〟とは逆に、本書の内容のさらに向こう側にあるバージョン——すなわち、オリジナルの〝英国版〟との比較である。

ブロードウェイ初演を控えた一九五二年一〇月の新聞記事に、「アメリカの観客向けに、本作にいくつかの修正が加えられた」ことが紹介されており、以下のような主な変更点が挙げられている。

＊ヒロインの名をシーラからマーゴに変更。
＊英国版ではイギリス人だった作家マックスをアメリカ人に変更。
＊レズゲイト大尉の悪事に麻薬がらみの殺人を追加（本作のP62）。
＊英国版では声だけの役であるトンプソン巡査（第三幕でマーゴを連れてきて、ハンドバッグを持って署に戻る役）を実際に登場させる。

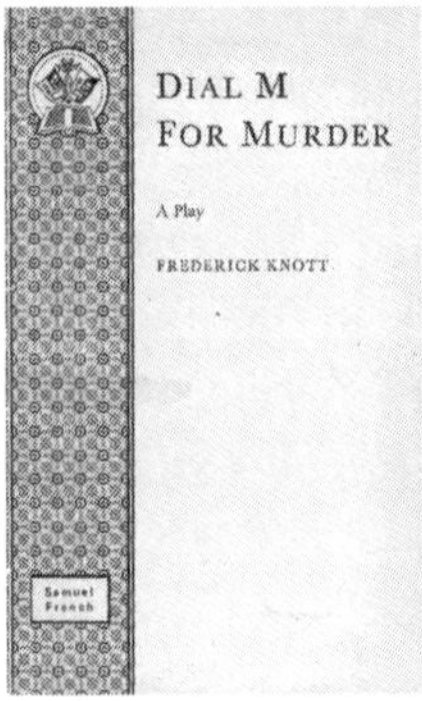

▲英国版ペーパーバック

最初のヒロイン名の変更は、記事によれば、タイトル中の「M」に〝Murder〟の意味とともに与えられた〝犯人トニーの自宅がロンドン市内のメイダ・ヴェイルにあって、電話する際にはまず「M」をダイヤルする〟という意味合いが、その街の名になじみのないアメリカではやや分かりにくいという判断で、代わりにヒロインの名の頭文字を〝M〟に変えたものであったという。

以下、今回の翻訳に使用された〝米国版〟とオリジナルの〝英国版〟を比較して判った数十箇所の相違点から、「アメリカ向け変更」の傾向を感じ取っていただけそうな代表例と、その他いくつかの興味深い例を併せてご紹介したい（英国版はSamuel French 1955年版）。

▲ロンドン初演版舞台より

＊P27

マーゴの「どれのことか、おわかりになるでしょ」の後の、「それでも、わたし嬉しくって。どこへ行くにも、かならず持ち歩いていたの。」という、マックスへの想いを表す台詞が〝英国版〟にはなく、

シーラ「どれのことか、おわかりになるでしょ？」

マックス「まあね」（間）「それが？」

シーラ「盗まれたの」

というそっけないやり取りになっていた。この部分に代表されるように、〝英国版〟は全編で〝米国版〟よりさらにクールな印象である。

＊Ｐ46
映画でもヒッチコック監督が巧みに活用した壁の記念写真が〝英国版〟には登場しない。

＊Ｐ53
〝英国版〟では、トニーがその日に〝計画〟を実行に移した理由が、はっきり語られていた。トニー「今晩までは（註：二人はずっと逢っていなかった）――ところが、マックスが昨日電話をかけてきましてね、マーゴが彼をわが家に来るよう誘ったんです」

＊これは、ひょっとすると、当時のイギリス演劇界全体の慣例だったのかもしれないのだが、すべての電話の場面で、〝英国版〟は受話器の向こうの相手の声がまったく描かれていなかった。本書でいえば、Ｐ38～（相手はレズゲイト）、Ｐ70～（同マーゴ）、Ｐ86～（同トニー）、Ｐ91～（同トニーが話す警官）、Ｐ124～（同弁護士のロジャー）等がすべて該当。特に、〝犯行シーン〟直後のＰ86～87は、レズゲイトの死に驚くトニーのリアクションや、マーゴへの「誰にも言うんじゃない」という台詞がまったく存在しなかったことに驚かされる。

＊Ｐ65
〝映画版〟での〝犯行〟シーンの後半、助けを求める声でマーゴが生きていることを知ったトニーは、電話機についているボタンを押し（ガチャン、とコインの落ちる音がする）、その後、彼女と話し始める。これは、当時のイギリスの公衆電話にあった〈Ａボタン〉と呼ばれるもので、ダイヤルを廻し、

相手が出たら、その声を確認してから〈Ａボタン〉を押すことでコインが落ち、はじめて会話ができる、というしくみであった。万一かけ間違えた場合には、受話器をフックに戻せば（機種によっては、そのための〈Ｂボタン〉を押せば）、コインが戻るのである（写真参照）。

Ｐ65でのトニーの「ぼくもひと言も喋りません」という台詞は、〝英国版〟ではそのシステムを踏まえた「ぼくはＡボタンすら押しません」というものであった。

＊さらに〝英国版〟には、後段（本書のＰ109あたり）にも、〈Ａボタン〉に関する以下のような件りがあった。

シーラ「わたし、受話器を取りました。（トニーに）あなた、わたしがもしもし、と言っても何もおっしゃらなかったわね。だから何度もくり返したのよ」

トニー「そう……ボックスの中がひどく暗くてね、Ａボタンの場所を探していたんだよ」

▲映画版より

＊Ｐ75

〝英国版〟には、妻にプレッシャーをかけ、その晩スクラップ作業をやらせるための、

トニー「もう何ヵ月も前に約束しただろう」

という巧妙な台詞があった。

＊第二幕の最後（Ｐ125）：トニーへの、警部の思わせぶりな

台詞は〝英国版〟には存在せず、フランス窓のところで待っている警部に、トニーが「お先にどうぞ、警部」と言うシンプルな形となっていた。

＊第一幕の最後（P72）：殺人を承諾したレズゲイトが札束を拾うところの「商談成立だ」という決め台詞が〝英国版〟には存在せず、大尉は、札束をポケットに入れる動作だけでそれを表現していた。

※面白いことに、別の米国版（Dramatists Play Service版）や、映画のシナリオおよび完成版でも大尉の台詞は存在しない（その他、米国版同士にも少なからぬ相違点があるので、ご興味のある向きは、ぜひご検分を）。

4.《ダイヤルMを廻せ！》を読む③　～〝舞台版〟の魅力と特徴～

ここまでの二項も踏まえて〝舞台版〟《ダイヤルMを廻せ！》の特徴をまとめてみるならば、

①登場人物の描き方のクールさ
②メタ的な要素を含む視点の高さ
③〝ミステリ劇〟としての完成度の高さ

ということになるだろう。

①については、前述のように、ヒッチコック監督は、マーゴとマーク（マックス）の恋愛を現在進行形にし、〝犯行〟シーンではトニー側のサスペンスも描くことによってエモーショナルな魅力をつけ加えているのだが、そのマジックが存在しない〝舞台版〟では、登場人物たちは皆、驚くほどクールな筆致で描かれている。謎解き役として登場するハバード警部以外は、主要登場人物の全員が何かしらの罪を犯しており、しかも、我々が感情移入しにくいよう意図的に造形されているようにさえ思えるのだ。例えば、通常であれば最も観客に共感させやすいだろうヒロインのマーゴですら、テニス界のスターと知って結婚したはずのトニーの遠征に同行するのを嫌がった上、不在がちな夫に不満を募らせてマックスと関係を持ち、その後、夫が家庭的になると、マックスに「わたしたちのこと、あの人に言っていないのよ」「（熱をこめて）わたし、今の暮らしを変えたくないの」（P27）と一方的に（しかも、マックスを自宅に呼んでおきながら！）通告する女性として描かれている（〝映画版〟では、その同じ場面に熱烈なキスシーンが存在するわけである）。また、マックスと二人で芝居見物（デートである）に出かけた彼女が、幕間にかけた電話で夫からやはりこられないことを聞いたときのト書きを、ノットは「ほっとして」でも「嬉しさを隠すように」でもなく、「本当にがっかりして」（P70）と書いているのだ。これほど共感しづらい、ある意味では非常にリアルなヒロインは珍しいように思われる。

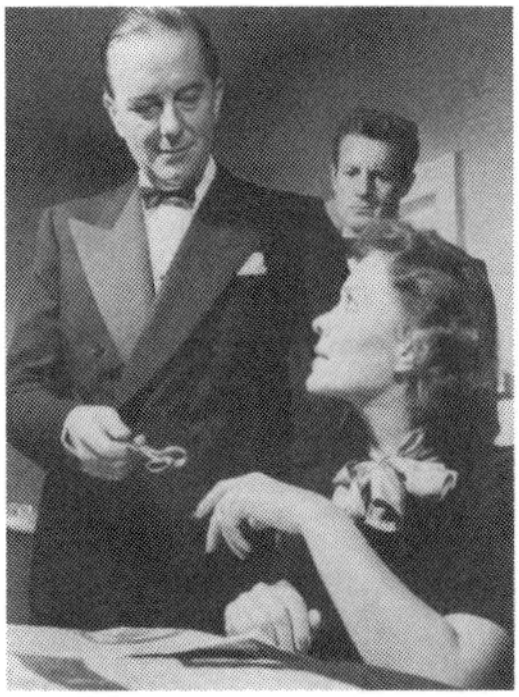
▲ブロードウェイ版舞台より

　ノットは、一九九五年のインタビューで「あの芝居は、非常に強固なストーリーラインを持ち、役者が（途中で）観客にウインクしてみせたりできる緩い芝居じゃないんです。僕は非常にシリアスな話としてあれを書いたので、もしもユーモアが感じられるとしたら、それは作者が意図していないもの――皮肉な状況などから感じられたものでしょう」と述べており、別の機会には、本作に続く〝倒叙〟ミステリ劇の第二作《Write Me A Murder》についてではあるが、「このタイプの芝居の場合、キャラクターを活かすこととプロットを進めることが衝突する場合があり、その場合は登場人物がストーリー展開に道を譲ることになる。本作でも、最高の出来の台詞をいくつかカットすることになった」と伝えられている。

加えて、同じく本作の特徴となっているのが②で、これは主に、マックス・ハリデイをミステリ専門の脚本家に設定したことで物語に反映されている。マックスは、芝居の冒頭で、「(動機の)おもなものは五つしかない。恐怖――嫉妬――金――復讐――それに、愛する者を守ること」と語っているが(P24)、金持ちの妻との離婚を恐れるトニーの殺人計画は、見事にそのうちの四つを動機としており、残る最後の一つは、マーゴを救うための偽証を立案することでマックスが実践している。彼はさらに、「完全殺人は可能か」という問いに答えたり、偽証用の作り話として(〝詰め手〟となる鍵の経緯だけを除いて)完璧な謎解きを行なってクライマックスへの露払いを担うなど、いうなら作者の分身のような役割を与えられているのである。そのマックスを軸に置いた、高い視点によるややメタ的な作劇(それもクールな印象の要因だろう)は、①と併せ、現在もなお世界中で上演されている――言い替えればいつまでも古びない普遍性の――大きな理由の一つであるようにも思われる。

そして、そのクールな作劇の中で提示される③、すなわち本作のミステリとしての完成度は、非常に高い。のみならず、特筆すべきは、その「手がかりとロジック重視」の姿勢だろう。江戸川乱歩は、公開当時の『スクリーン』誌の座談会の中で本作の本質を『これは倒叙探偵小説に相当するもので、逆に書くやつです。鍵の問題とか手提《てさげ》とか、いろいろな証拠品が無数にある。だから普通の探偵小説を逆に書いたものだ。（略）単なる犯罪小説は、犯罪のばれるときに、証拠品なんか使わない』と明快に評している。

その意味では、本作は〝倒叙ミステリ〟の流れの中でも、例えばF・W・クロフツのフレンチ警視もの、それも、長編の諸作以上に、短編集『殺人者はへまをする』（47）などの魅力を受け継ぎ、後の『刑事コロンボ』シリーズのルーツの一つとなった存在、と位置づけることも可能だろう。実際、『殺人者はへまをする』中の一編には、「犯人は、犯行後、被害者のポケットからある品を取り出して別のところに置く。が、実はその品は二つあり、被害者の予想外の行動によって、犯人は間違った方を選んでしまった」という、本作とほぼ同趣向の〝詰め手〟が登場しており、その方向性が極めて近いことが確認できるのである（つけ加えれば、同書には『刑事コロンボ』の有名な〝詰め手〟と同趣向のものも存在している）。

ひとつ書き添えると、前述の座談会中、乱歩はさらに、〝映画版〟がミステリ部分に追加した「犯人トニーによるストッキングの偽装」を――さすがというべきか――以下のように一蹴している（舞台版では「屑籠の底に隠したように見せかける」という自然な偽装になっている［P123］）。

『それからぼくはどうして一方の靴下を机の上のパットの下に隠したのかわからないのですが。一方は床に落としてあるのだから、それだけでいいじゃないですか。一足は籠の中に入っていいわけなんです。あれはおかしい』

▲ブロードウェイ版舞台より
（外出前のシーン）

本作の「手がかりやロジックのきめ細かさ」については、すでに本編をお読みの方々は、ハバード警部が泥や舗装用タール等の手がかりでレズゲイト大尉の侵入経路を特定する推理をはじめ、その魅力を十二分に堪能されていると思われるので、ここでは、補足という意味で、ミステリ的にさりげなくも巧妙な三点について触れておきたい。

P82：外出前、トニーはマーゴに「店長から大事な電話があるかもしれない」と話す。これは、目を覚ました妻が必ず電話に出るようにするための周到な一言である（P177で触れたが、残念なことに〝映画版〟はこの重要な台詞を、玄関から引き返して鍵を隠すための思いつきの一言としてしまっている）。

P124：警部とともに警察に向かうマーゴにマックスが、彼女が持って行き忘れているハンドバッグを手渡す。これは、おそらくは、後に重要な小道具となるハンドバッグの存在を観客に改めて印象づけておくためで、この小さな〝仕込み〟により、続く第三幕での、マーゴがハンドバッグを持って帰宅する件りや、ハバード警部がその中の鍵を借用したと語る件りが自然なものとなっているのである。だからこそ作者はマックスに、わざわざ「マーゴ、ハンドバッグを」と口に出して渡させているものと思われる。

そしてP117：ここでハバード警部は、マックスに滞在先を書かせている。これは、その筆跡が、レズゲイトのポケットに入っていた手紙と同じであることを確認しているのである。

加えて本作には、ミステリ部分以外にもノットの上手さが光る箇所が大小数多く存在しているので、再読の際には、ぜひとも意識してご堪能いただきたい。ここで小さな例を一つ挙げるとすれば、冒頭近く、最後の逢瀬の思い出を語るマックスが、その時スパゲティを作ったことに言及する台詞だろう（P31）。この「スパゲティ」が、後のトニーのレズゲイトへの告白に再登場した瞬間（P51）、それが同じ日の出来事であることが、すべての観客に明確なイメージをもって伝わるのである。

5.《ダイヤルMを廻せ！》～その後の映像化～

ヒッチコック監督による映画化の後にも、《ダイヤルMを廻せ！》の映像化は、英米を中心に数多く行われている（データ等が揃わないためここでは挙げなかったが、八十年代にソ連でもTVムーヴィーが製作されており、現在 YouTube で視聴可能となっている）。

以下、その主だったものを挙げてみたい。

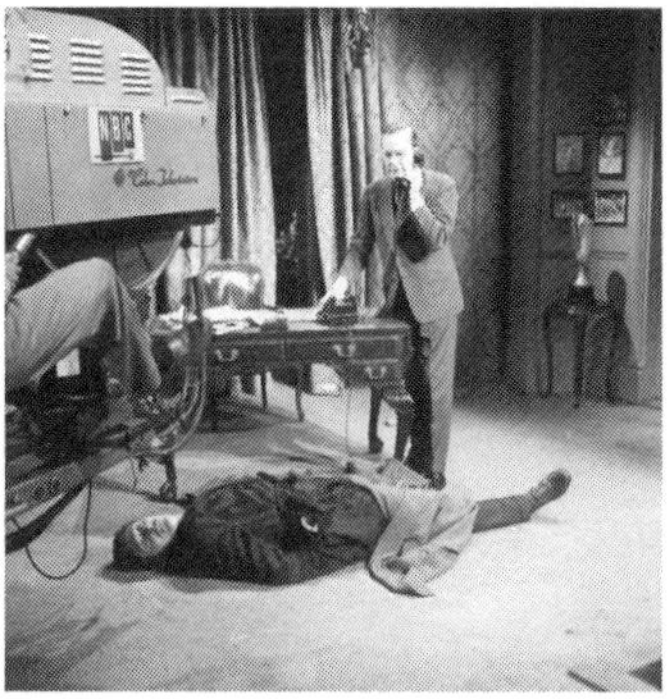
▲ 1958 年 TV ムーヴィー版の撮影風景

●一九五八年TVムーヴィー版（米）未見

一九五八年八月二十五日、『THE HALLMARK OF FAME』枠にて放映（九〇分枠の生放送）。

ブロードウェイでのプロダクションの映像化で、ノット本人が脚色し、この後『ペンダラム』（69）、『民衆の敵』（78）等を撮るジョージ・シェイファーが演出を担当。トニー、ハバード警部、レズゲイト大尉は舞台と同じキャスティングであった。

マーゴ役は『愛しすぎて／詩人の妻』（94）でオスカー候補となり、『スパイダーマン』シリーズ（02〜07）で主人公ピーターの叔母役を演じたローズマリー・ハリス。マックス役は、『ジェシカおばさんの事件簿』（84〜96）等で知られるウィリアム・ウィンダム。

放送翌日の新聞評に、「昨今の粗製濫造のＴＶ用ミステリとは出来が違う」という一言があった。

●一九五九年『サンセット77』版　エピソードタイトル「The Fifth Stair」（米）　未見

四十五分物に脚色され、ＴＶシリーズ『サンセット77』（58〜64）の一篇として放映。脚色はローウェル・バリントン。監督は『醜聞《スキャンダル》殺人事件』（52）、『北海の果て』（60）、『ママは二挺拳銃』（61）のヴィンセント・シャーマン。トニー役は、後に同番組のレギュラーとなるリチャード・ロング。マーゴ役はジュリー・アダムズ。

第一シーズンの最終話で、日本でも放映されたそうである。

●一九六二年ＴＶムーヴィー版（英）　未見

『BBC SUNDAY NIGHT PLAY』枠にて放映。詳細不明。リチャード・パスコ（シェイクスピア劇の名優　映画は『妖女ゴーゴン』［64］他）がトニー役をつとめている。

CLOSE-UP 9:00 5 13 24 33 49 DIAL 'M' FOR MURDER

SPECIAL COLOR Laurence Harvey and Diane Cilento star in this classic suspense drama.

Londoner Tony Wendice has married for money, but money isn't enough. Tony has his pride, and his wife has wounded it by seeing another man. To satisfy his ego—and collect a tidy inheritance—Tony devises an elaborate plot to murder his beloved.

Frederick Knott adapted his 1952 Broadway hit for TV. John Moxey directed the drama, taped in London. Produced by David Susskind in conjunction with Rediffusion Ltd. of London. (Two hours)

Cast

Tony Wendice ....Laurence Harvey
Margot Wendice ....Diane Cilento
Max Halliday ....Hugh O'Brian
Chief Inspector Hubbard ....Cyril Cusack
Lesgate ....Nigel Davenport

Laurence Harvey

1967年テレビムーヴィー版記事（TVガイド誌）

●一九六七年TVムーヴィー版（英米共同制作）未見
一九六七年十一月十五日、『ABC SUNDAY NIGHT AT THEATRE』枠で放映（二時間枠）。

マーゴ役を、当時ショーン・コネリー夫人だったダイアン・シレントが演じた他、トニー役は『影なき狙撃者』（62）、『刑事コロンボ／断たれた音』（72）のローレンス・ハーヴェイ。マックス役は、西部劇スターで、その前々年に『そして誰もいなくなった』を映画化した『姿なき殺人者』（65）にも出ていたヒュー・オブライエン。警部役に『ジャッカルの日』（73）等のシリル・キューザックという豪華なキャスティングである。同年春のTVガイド誌の第一報記事によれば、当初、マーゴ役には『巴里のアメリカ人』（51）、『リリー』（53）のレスリー・キャロンの起用が予定され、彼女の〝TVドラマ初出演〟が企画の目玉になっていたようである（『恋の手ほどき』［68］への出演が決まり、降板してしまったのだろうか）。

ノット本人による脚色。監督は、ジョン・リューエン・モクシーが担当。

●一九八一年TVムーヴィー版（米）
一九八一年四月九日放映（二時間枠）。

マーゴ役は、『殺しの分け前／ポイント・ブランク』（67）、TVシリーズ『女刑事ペパー』（74〜

78）等のアンジー・ディキンソン。トニー役は『サウンド・オブ・ミュージック』（64）のトラップ大佐役で有名なクリストファー・プラマー、レズゲイト役は、『オリバー！』（68）等で知られるロン・ムーディ。ハバード警部役は『鷲は舞い降りた』（76）、『名探偵ホームズ／黒馬車の影』（79）等のアンソニー・クエイルという堂々たる布陣。

脚色は『殺しの接吻』（68）、『怒りの日』（75）、ＴＶＭ版『検察側の証人』（82）のジョン・ゲイ。監督は、『二重スパイ・国際謀略作戦』（70）、『マネー・チェンジャース／銀行王国』（76ＴＶ）、それに『刑事コロンボ』シリーズ等で知られるボリス・セイガルである。コロンボ物に匹敵するキレのいい演出で見応えは十分。舞台は一九六四年に設定されているが、冒頭のレズゲイトと接触する件りが大きく異なる他は全体的には映画より舞台版に近く、そこに「時間に遅れて電話をかけるサスペンス」等を加えたハイブリッド版となっている。

▲1981年TVムーヴィー版広告

音楽は、やはり『刑事コロンボ』での活躍が印象的なビリー・ゴールデンバーグ。自身が担当した、まさに『ダイヤルMを廻せ！』インスパイアの一作である「刑事コロンボ／第三の終章」（Ｐ196参照）とよく似た曲調＆アレンジなのは、意図的なお遊びだろうか。

●一九九八年映画版『ダイヤルＭ』（米）

『沈黙の戦艦』（92）、『逃亡者』（93）のアンドリュー・デイヴィス監督によるリメイク版。原題は

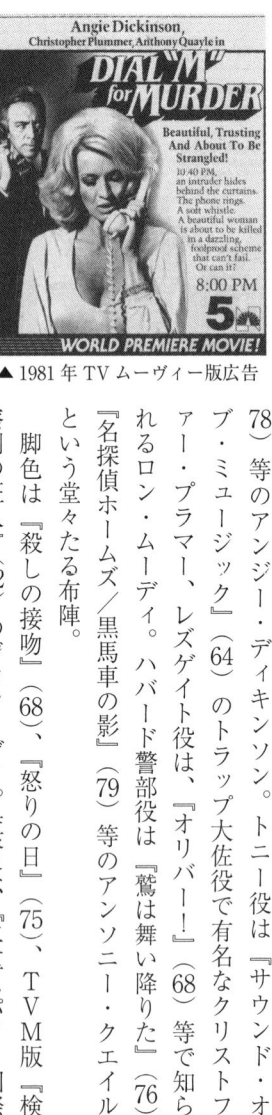

『A PERFECT MURDER』。トニーにあたるスティーヴン役にマイケル・ダグラス。妻エミリー役にグウィネス・パルトロー。愛人デヴィッド役にヴィゴ・モーテンセン。そして、ハバード警部にあたるカラマン警部を演じたのは、TVシリーズにてポワロ役九年目のデヴィッド・スーシェであった。夫から殺しを〝委託〟されるのが愛人本人であること、後半、ヒロインも加わっての壮絶な闘いが展開すること等、現代的かつ大胆なアレンジが加えられている。

6.《ダイヤルMを廻せ！》と『刑事コロンボ』

〝ヒッチコック映画〟への仲間入りを果たして以降、本作はまた、多くの映像ミステリ作品にさまざまな形で引用されることにもなった。

印象的なのは、やはり、派手やかな〝犯行〟シーンの引用で、例えば、大のヒッチコッキアンだった故コリン・ヒギンズ監督のサスペンス・コメディ『ファール・プレイ』（78）では、ゴールディ・ホーン演じるヒロインが、自宅への侵入者にマフラーで絞殺されかけて編み針で背中を突き刺すというストレートなオマージュが見られ、また、TVシリーズ『名探偵モンク』の一編、二代目アシスタントのナタリーが初登場するエピソード（「求む！アシスタント」）は、やはり本作を意識した、自宅に侵入した男に扼殺されかけた彼女が机の上のハサミで逆に刺し殺してしまうというショッキングなアヴァンタイトルから始まっている。

ブライアン・デ・パルマ監督が、全編でヒッチコックへの傾倒ぶりを見せた『ボディ・ダブル』（84）では、主人公が侵入者を知らせようと隣家に電話をかけ、それに出ようとした女性が電話機の

▲「刑事コロンボ／第三の終章」より。映画版の有名な俯瞰撮影が唐突に“引用”される

コードで首を絞められる——が、一緒に床に倒れた拍子に侵入者が後頭部を打って昏倒する——というバリエーションが試みられていた。

　そして、倒叙ミステリの代名詞ともなったＴＶシリーズ『刑事コロンボ』では、二つのエピソードで、〝犯行〟シーンだけに留まらないさらに本格的な本作の〝引用〟が行われている。

　ひとつは、いわゆる《旧シリーズ》第22話の「第三の終章」。同作のプロットは、「犯人が実行犯を雇い、殺したい人物の部屋の鍵を渡して侵入させる」というもので、さらに後半の展開も、「その鍵に関する、犯人が予測しなかった経緯が大きな手がかりとなる」という、本作を踏まえてのものである。

　もう一作は、同じく《旧シリーズ》の第44話「攻撃命令」で、こちらには、愛犬である二匹のドーベルマンを調教して被害者をかみ殺させる——自宅に招いておいた被害者に外から電話をかけ、その電話をきっかけに愛犬に彼を襲わせる——という犯行が登場。犯人が電話を通じて〝犯行〟の様子を聞く描写や、動機が妻との姦通への復讐であること、原題が「How to Dial a Murder」であること等、各部が（映画版も含めた）本作へのオマージュとなっている。

　そして、それらのオマージュや〝引用〟とは別に、本作の影響を最も強く受けた映像ミステリ作品もまた、他ならぬその『刑事コロンボ』であるように思われる。

従来より語られているように、『刑事コロンボ』は、ドストエフスキーの『罪と罰』、そしてオースティン・フリーマンの創始した〝倒叙・名探偵物ミステリ〟という二つの大きなルーツを持つシリーズであるが、前述の「手がかりとロジックに重きを置いた倒叙ミステリ」という大きな共通項や、その筆致や構成のクールさ、あるいは原点が同じく舞台劇であること等から、公式にはほとんど語られたことはないものの、この《ダイヤルMを廻せ！》もまた、さらに直接的なその手本だったように思われるのだ。

例えば、前項でも触れた、ハバード警部がレズゲイト大尉の侵入経路を特定する推理（P111）などはコロンボ物にそのまま引き継がれている要素であるし、小さな疑問点をひたすら「なぜです？」と追及していく態度（P106）や、何より、終幕での「〝ハンドバッグが警察にあって、いつでも渡せる状態になっている〟という情報を犯人に与えた上で、ポケットに鍵の入ったコートをすり替える」という〝逆トリック〟は、実にコロンボ的なものといえるだろう。

〝もし鍵を使えば事件は解決〟という状況を作っておいて、ラストはドアが開いたところで一言の台詞もなしに幕が下りるという（文字通りの）〝鮮やかな幕切れ〟はまさに、コロンボに代表される「映像ミステリ」的エンディングの理想形なのである。

さらにいえば、以下のような台詞を読むにつけ、ハバード警部自身もまた、コロンボ警部創造のモデルの一つ――あるいは、少なくとも、コロンボと同様に『罪と罰』のポルフィーリイ判事をルーツに持つ兄貴分――だったように思えてならないのだ。

「いや、ごもっともです。このようなときに、まことに申し訳ない」（P137）
「一服やっても？」（P138）
「この手の鍵は、どれも似ていて困り物ですな――いや、失礼。なんの話でしたかな？」（P139）
「そうだ、もうひとつだけ」（P141）
「もうお会いすることもないでしょう」（P151）

▲1958年TVムーヴィー版広告（右端がハバード警部）

ブロードウェイの舞台と映画、そして一九五八年のＴＶ版で警部役を演じたジョン・ウィリアムズは、ヒッチコック監督の『泥棒成金』（55）、ビリー・ワイルダー監督の『麗しのサブリナ』（54）や『情婦』（57）等で知られる名バイプレイヤーで、『刑事コロンボ』の英国出張編「ロンドンの傘」（72）にも被害者役で出演。そして、それら数々の名演技を踏まえても、本作のハバード警部はまさに最高の当たり役であり、元大統領令嬢のマーガレット・トルーマンが、舞台の終演後に興奮した面持ちで楽屋を訪れ、「私が英国訪問中に護衛として派遣されたスコットランド・ヤードの警部に、物腰から話し方までそっくりでした」と絶賛した、という逸話も残っている。

ウィリアムズは、本作の舞台版でトニー賞を、映画版で米国映画批評会議賞を受賞している。

もうひとつだけ、参考までに書き添えておけば、〝英国版〟戯曲のハバード警部の初登場場面（本書でのP100あたり）では、そのキャラクターが以下のように描写されていた。

『年齢は四十五歳ぐらい。物腰は丁重で礼儀正しく、抑制されているが、時折、恐ろしいほどの激しい気性を覗かせる瞬間があり、油断できない存在であることを我々に感じさせる』

そして、一九六〇年の舞台『殺人処方箋』でのコロンボ警部の描写は次の通りである。

『年齢不詳、ヨレヨレな風貌の刑事。浮浪者然としており、言動もつかみ所がない。やたらに詫び言が多く、どこまでも低姿勢。しかし、その仮面の下には、生来の鋭敏さと、人間というものを知り尽くした狡猾さが隠されている』

7. 寡作の才人、フレデリック・ノット② 〜《ダイヤルMを廻せ！》以降〜

おしまいに、《ダイヤルMを廻せ！》以降のノットの作品と生涯についてご紹介したい。

〈二つのオリジナル戯曲〉

《Write Me a Murder》

ニューヘイブンやボストンでの試演を経て、一九六一年一〇月二六日、ブロードウェイのベラスコ劇場で開幕。以後、半年間にわたり一九七回上演された。

主な出演者は以下の通りである。
クライヴ・ロディンハム：デンホルム・エリオット（『インディ・ジョーンズ』シリーズのブロディ役）
エリザベス・ウーリー医師：エセル・グリフィス（映画『鳥』の、鳥類学が趣味のバンディ夫人役）
ジュリー・ステュロック：キム・ハンター（映画『猿の惑星』のジーラ役）
チャールズ・ステュロック：トリン・サッチャー（映画『情婦』の検事役）
（演出：ジョージ・シェイファー）

▲Write Me a Murder 紹介冊子

約九年のブランクを経て発表された、オリジナル戯曲の第二作で、《ダイヤルMを廻せ！》の〝倒叙形式〟とクールなメタ視点の部分を発展させたような巧緻なミステリ劇である。初日翌朝のニューヨークタイムズ紙の記事では、その面白さは「舞台はロディンハム家の荘園。トリックの考案者とそのしくみは、冒頭近くで知らされる。以降、〝その仕掛けは上手く機能するのか〟、そして、〝誰が被害者になるのか〟へと興味はつながっていく」と紹介されている。拳銃と紐を使った王道の機械的アリバイトリックは、コロンボ物の「殺しの序曲」にもつながる楽しさで、ラストの皮肉な結末も、同じく「構想の死角」などを想起させる（そういえば、タイトルも、「刑事コロンボ／秒読みの殺人」〔Make Me a Perfect Murder〕を思い出させるものである）。そのミステリとしての上質さは《ダイヤルMを廻せ！》に準ずるもので、やはりというべきか、見事その年の《エドガー賞》（最優秀ミステリ劇賞）を獲得している。本作に続く邦訳、そして上演を期待したいところである。

演出のジョージ・シェイファーは、一九五八年に本作の最初の米版ＴＶムーヴィーを監督した人物。

《暗くなるまで待って》（Wait until Dark）

一九六六年二月二日、ブロードウェイのエセル・バリモア劇場で開幕。劇場を移しつつ、十一ヵ月間に三七三回上演された。

主な出演者を記しておけば、以下の通り。

スージー・ヘンドリックス：リー・レミック（『酒とバラの日々』〔62〕）
サム・ヘンドリックス：ジェームズ・コンロン（アーサー・ペン監督作『左ききの拳銃』〔58〕）
Mr・ロート：ロバート・デュヴァル（『ゴッドファーザー』〔72〕、『シャーロック・ホームズの素敵な挑戦』〔76〕）
マイク・トールマン：ミッチェル・ライアン（『ダーティハリー2』〔73〕、『リーサル・ウェポン』〔87〕）
カロリーノ：ヴァル・ビソリオ（TV『Dr・刑事クインシー』〔76〜83〕）

（演出：アーサー・ペン）

後に、テレンス・ヤング監督、オードリー・ヘップバーン主演で映画化（69）され、ヒッチコック版『ダイヤルMを廻せ！』と並んでフレデリック・ノットの名を不滅のものにしたオリジナル戯曲の第三作。盲目の人妻が、ヘロインの隠された人形をめぐって謎の男たちに狙われるサスペンス劇で、首謀者の〝Ｍｒ・ロート〟と対決する壮絶なクライマックスなど、ヒロインがいたぶられる展開は、本作の〝犯行シーン〟のサディスティックな要素を発展させたものであるようにも感じられる。いわゆる本格ミステリ作品ではないものの、緻密な構成と伏線配置、小道具の活かし方、そして何より、ノットの言う〝観客を参加させる〟ストーリーテリングの妙は、《ダイヤルMを廻せ！》を凌ぐものとなっている。

▲1967年版紹介冊子

同作の翌年に『俺たちに明日はない』を撮ることになるアーサー・ペンは、舞台と映画の両方で〝盲人の女性がヒロイン〟である『奇跡の人』を演出した経験を持ち、その的確な采配もあってか、主演のリー・レミックは、その年のトニー賞にノミネートされることになった。

余談だが、六六年の初演ではロバート・デュヴァルが演じた、サイコパス犯人のはしりともいうべき怪人物〝Ｍｒ・ロート〟を、翌年のツアー公演では『刑事コロンボ』の名犯人役で知られるジャック・キャシディが、六九年の〝映画版〟ではアラン・アーキンが、そして九八年のブロードウェイ再演では、何とクエンティン・タランティーノが演じている。また、米初演からほどなくしてスタートしたロンドン公演では、主人公スージー役をオナー・ブラックマンが演じたという。

《暗くなるまで待って》の映画化権は、ブロードウェイでの開幕以前にワーナー・ブラザーズが獲得。原作者ノットには、前金だけでも三五万ドルが支払われたと報じられている。

〈その他の作品〉

オリジナル戯曲の他にノットが手がけた作品は三点あると思われるのだが、資料は少なく、不明の点も多い。以下、判明した範囲でご紹介したい。

ひとつめは、トーマス・スターリングの小説から脚色した《Mr. Fox of Venice》（一九五九）という戯曲である。これは、元の小説などと併せる形で、ジョセフ・L・マンキウィッツ監督の映画『三人の女性への招待状』（66）の原作となっている。

ふたつめは、作家ロナルド・ダールとの共作によるミステリ劇で、同作は、一九五四年九月のニューヨークタイムズ紙が「ラフなシノプシスは完成」し、「今シーズンの開幕に向け仕上げに入る」と報じていたのだが、同年十二月の同紙には、「執筆途中でコンビが解消された」旨の続報が掲載されている。いくつかの手がかりから、その企画はその後、自身の短篇を元にダールが単身仕上げ、翌五五年四月にブロードウェイのロングエーカー劇場にて初演された《The Honeys》となったのではないかと推察される。

そして、これも新聞記事（六一年）によれば、ノットはもうひとつ、〝フランスの舞台作品の再加工〟を手がけているらしいのだが、この一作については、まったく情報が得られなかった。ご存知の方からのご教示をお待ちしたい。

以上の通り、ノットが書いたオリジナルの作品は、本書を含む三つの戯曲のみである。アン夫人によれば、「あと二作、構想が結末までできている芝居があった」そうで、「ひとつは、バーモント州を舞台に、老人カップルがギャングと遭遇する話。もう一つは〝売春宿を舞台にした風変わりなストーリー〟」とのこと。しかし、晩年近くまで英米両方の版元から前金つきでの執筆依頼が多数あったにもかかわらず、ノットはすべて断っていたという。

アン・ヒラリー嬢との結婚後、ノットは市民権を得てアメリカに移住。マンハッタンに居を構えると、一人息子と二人の孫を授かり、世界中で上演され続ける三つの芝居による収入で悠々自適の生活を送って、二〇〇二年十二月十七日、自宅にて八十六年の生涯を終えた。新聞の追悼記事中のインタビューで、アン夫人は、以下のような、これもまたクールなコメントを残しており、この発言の真意や真相も、今後のフレデリック・ノット研究の大きな課題となるに違いない。

「夫の執筆は、ただ経済的な理由によるものでした」
「彼は、書くことが大嫌いだったんです」

最後に、ノットが一九六一年に自身の執筆法について語った、いかにも〝寡作の才人〟にふさわしいコメントをご紹介してみたい。
『頭の中で、すべての展開、すべてのひねり、すべての仕掛け、すべての結末ができ上がってからタイプライターのカバーを取ります。（略）これが、時間のかかる原因なのです。周囲の人たちからは、「毎朝三〜四時間、タイプライターの前に座りさえすれば、数ヵ月で一本書き上げられるのに」と言われるのですが――。でも、少なくとも数週間は構造的な問題にかかりきりになり、その後も結末まではなかなかたどりつけません。そして、ある朝、例えば浴室から寝室へと向かう途中などに、〝結末〟は突然目の前に姿を現わすのです。それ以外の執筆方法を、僕は知りません』

本稿執筆にあたり、ロンドン在住の翻訳家、松下祥子さんから、《ダイヤルMを廻せ！》二〇一〇年オックスフォード公演の貴重なパンフレットをお借りしました。心より御礼を申し上げます。

〔著者〕
フレデリック・ノット
本名フレデリック・メイジャー・ポウル・ノット。英国の劇作家・映画のシナリオライター。中国、漢口生まれ。ケンブリッジ大学卒。映画の脚本家を目指し、映画会社に勤務した後フリーランスに。『ダイヤルMを廻せ！』で劇作家としてデビュー。主な脚本作品に「Write me　a Murder」、「Wait Until Dark」など。

〔訳者〕
圭初幸恵（けいしょ・さちえ）
北海道大学文学部文学科卒。インターカレッジ札幌で翻訳を学ぶ。訳書にピーター・テンプル『シューティング・スター』（柏艪舎）、フレドリック・ブラウン『ディープエンド』『アンブローズ蒐集家』マイルズ・バートン『素性を明かさぬ死』（以上、論創社）がある。

ダイヤルMを廻せ！
——論創海外ミステリ　211

2018年5月20日　初版第1刷印刷
2018年5月30日　初版第1刷発行

著　者　フレデリック・ノット
訳　者　圭初幸恵
装　丁　奥定泰之
発行人　森下紀夫
発行所　論 創 社
〒101-0051　東京都千代田区神田神保町2-23　北井ビル
電話　03-3264-5254　振替口座　00160-1-155266

印刷・製本　中央精版印刷
組版　フレックスアート

ISBN978-4-8460-1725-5
落丁・乱丁本はお取り替えいたします